Reiner Fischer

Wenn sich die Welt erklärt

Eine kleine Science Fiction Geschichte
über Gott und die Welt

Copyright Reiner Fischer 2014
Illustration: Michael Krauss
Herstellung und Verlag: BoD – Books on Demand, Norderstedt
ISBN 9783734733420

Großdiözese der Kirchenstadt St. Chrishen

„Mr. Seaman. Vermutlich ist ihnen klar, dass sich die Beamten des Kardinalgroßpönitentiar um ein Gespräch mit ihnen förmlich gerissen haben - ich korrigiere - sie hätten sich beinahe zerfleischt. Letztendlich aber wurde die Ehre mir zuteil und als Vertreter des Kardinalpräfekten kann ich ihnen versichern, dass sich unser Gespräch dadurch weitaus angenehmer gestalten wird, als es unter der Apostolischen Pönitentiarie der Fall wäre. Freuen Sie sich darüber und ich bin gespannt was mich erwartet. Können wir anfangen?"

„Ja, Kardinalbeamter Cole, wir können anfangen."

„Nun denn. Was mich natürlich vordergründig interessiert, ist der Grund für diesen konsequenten Schritt, schließlich gab es so etwas noch nie. Wollen Sie etwa ein Märtyrer werden? Aber wenn ja, Seaman, wofür?"

„Bei Gott dem Allmächtigen liegt mir nichts ferner, als ein Märtyrer zu werden. Es stünde mir gar nicht zu, treibt sich die Blasphemie doch derweil ausschließlich in meinem Kopf herum."

„Was genau meinen Sie mit Blasphemie?"

„Erkenntnisse. Bilder, die meinen fundamentalen Glauben erschüttern und mich bei allem Bemühen nicht loslassen wollen. Ich sehe sie nachts, bei Tag.Immer. Jeglicher Versuch sie auszublenden scheitert kläglich."

„Um welche Art Bilder handelt es sich dabei?"

- längeres, nachdenkliches Schweigen -

„Formeln, es geht um Formeln."

„Formeln?"

„Ja. Mathematische Gleichungen, die mir ein Bild der Welt vermitteln, welches mit Gott nicht mehr vereinbar ist."

„Gott aus unserer Welt verbannen? Das ist in der Tat Blasphemie, Seaman. Gott ist allgegenwärtig, wir alle wissen das."

„Genau aus diesem Grunde entschied ich mich diesen Weg zu gehen. Ihre erste Frage dürfte somit bereits beantwortet sein."

„Scheint so, als verließe Sie der Glaube. Sie könnten sich einer Glaubensanalyse unterziehen."

„Das würde nichts nützen. Der Wille all die Zahlen ihrer Bestimmung zuzuführen wird immer stärker in mir. Mein Glaube ist nicht mehr länger in der Lage dem standzuhalten. Eine Glaubensanalyse würde daran nichts ändern. Ich bliebe zweifelsohne eine Gefahr."

„Für die Gemeinschaft?"

„Und darüber hinaus."

„Sie maßen sich an, eine Gefahr für Gott zu sein?"

„Nein, Kardinalbeamter Cole. Ich bin nur ein einfacher Mensch. Kein Mensch könnte je eine Gefahr für Gott darstellen. Auch wird kein Mensch je die von Gott gesetzten Grenzen der Natur überschreiten. Diese Welt wurde uns gegeben wie er sie schuf und wir nahmen sie dankbar an."

- kurzes Schweigen -

„Wir alle wissen, dass sie ein brillanter Denker sind, Seaman. Wer hat noch nicht profitiert von ihrem breiten Wissen und ihrer begnadeten Vorstellungskraft, mit der Sie der Natur ein Geheimnis nach dem anderen entlocken und der Gemeinschaft so zu immer mehr Wohlstand verhelfen. Viele Menschen bewundern Sie, wäre es da nicht möglich, dass ihnen dieser kollektive Schwall der Begeisterung mit der Zeit die Sinne vernebelte? Sie, in ihren eigenen Augen, Gott gleich erscheinen ließ? Wenn dem so ist, warum genießen Sie es dann nicht, sind stattdessen hier? Ich werde es ihnen sagen, Seaman. Sie sind hier, weil sich der Herr ihrer längst angenommen hat. Er appelliert bereits an ihr Gewissen, welches Sie zielstrebig zu uns führte. Das bedeutet es gibt noch Hoffnung. Sie müssen diesen Weg nicht gehen, Seaman. Wir werden eine andere Lösung finden."

„Sie haben es nicht verstanden, Kardinalbeamter Cole. Nicht ich bin die eigentliche Gefahr, ich trage sie in mir."

- Kardinalbeamter Cole erschrocken -

„Den Teufel etwa?"

„Wenn ich Recht behalte - und leider werde ich Recht behalten - wäre der Teufel beileibe das geringere Übel."

„Jetzt machen Sie mich aber wirklich neugierig. Worüber sprechen wir hier eigentlich?"

„Über Zahlen, Kardinalbeamter Cole. Wir sprechen über Zahlen. Leblose Zahlen, die sinnvoll vereint einer Sprache mächtig sind, die, versteht man sie, eine Welt offenbart, welche sich unserer Vorstellungskraft gänzlich entzieht.

Eine Welt die real ist und doch nicht existieren darf. Eine Welt in der unsere Gesellschaft keinen Platz mehr hat. Eine Welt ohne Gott."

„Sind Sie sich da absolut sicher?"

„Absolut sicher."

„Was genau erzählen ihnen diese Zahlen?"

„Sie würden es nicht verstehen, Kardinalbeamter Cole."

„Würden andere es denn verstehen?"

„Nein. Nicht einmal Kathrin, meine Gattin, würde es verstehen - und das ist auch gut so."

„Existieren denn Aufzeichnungen dieses Wissens?"

„Nein, alles befindet sich ausschließlich in meinem Kopf."

„Und da ist es auch bestens aufgehoben. Sie haben mich überzeugt, Seaman. Mit einem derartigen Wissen werden Sie ohnehin keine Fürsprecher finden. Ich werde ihrer Bitte daher stattgeben, denn derlei Probleme sollten schnellstmöglich aus der Welt geschafft werden. Ich bin froh und dankbar, dass Sie so eng und auf freiwilliger Basis mit uns zusammengearbeitet haben. Begeben Sie sich am besten auf direktem Weg in die Kapelle. Bruder Lucio wird alles weitere veranlassen. Sie sind ein mutiger Mann, Seaman, aber ihnen muss auch klar sein, dass die Welt da draußen nie etwas von ihrer selbstlosen Tat erfahren wird. Die Atheisten würden aufhorchen und wenn der Staat eines nicht gebrauchen kann, dann sind es Märtyrer die für das Heidentum einher halten."

„Ich verstehe."

- Kardinalbeamter Cole erhob sich -

„Wie ich draußen sehen konnte, wartet ihre Gattin auf Sie. Sicher wollen Sie sich noch gebührend von ihr verabschieden. Wissen Sie was? Ich schicke Sie, gemeinsam mit Bruder Lucio, herein. Er wird Sie dann auch zur Kapelle geleiten. Gott segne Sie, Seaman. Ich bin sicher, der Herr wird ihre Tat belohnen."

Kardinalbeamter Cole verließ den Raum. Zwei Atemzüge später betrat Bruder Lucio das Büro, dann Kathrin. Sie wirkte angespannt, war sich nicht sicher was sie erwarten würde. Sie blickte in die Augen ihres Mannes und ihre Anspannung ging über in Zittern. Ihr Blick wirkte ängstlich und ihre Lider bebten.
„Du hast es also wirklich getan."
Seaman nickte.
„Warum, Robert, warum nur?"
Er senkte sein Haupt.
„Ich habe keine andere Wahl. Du musst jetzt einfach stark sein, Kathrin. Denke immer daran wie sehr ich dich liebe."
„Liebst du mich denn wirklich?"
Robert warf ihr einen fragenden Blick zu.
„Sind es nicht Gott und deine Forschung die du liebst? Wo stand ich eigentlich die ganze Zeit, Robert? Sag es mir?"
„Wir hatten eine wunderschöne Zeit. Sicher wirst du dich oft daran erinnern."
Sie lachte gequält.
„So ist es also. Ich muss mich mit Erinnerungen zufrieden geben. Ich hatte in deinem Leben niemals einen Platz, Robert. Ich bin mir nicht einmal sicher ob du Gott einen zugestehst, denn vermutlich ist selbst für ihn kein Platz in deinem Ego. Du verlässt mich. Das ist die nackte Wahrheit."

„Du verstehst es einfach nicht, Kathrin, ich habe keine andere Wahl."
„Doch, die hast du. Aber sie entzieht sich gänzlich deinem Blickfeld."
Er warf ihr einen analytischen Blick zu, was sie jetzt erst richtig wütend machte.
„Du nimmst für dich in Anspruch ein großer Denker zu sein. Ein brillanter Forscher, der selbst der Natur ihre Kräfte entlockt und sie zu nutzen vermag, aber du versagst bei alltäglichen Entscheidungen. Entscheidungen wie dieser. Du hättest deine Forschungen einfach nur beenden müssen. Du hättest es niemandem erzählt und wir hätten zufrieden unser Leben gelebt."
„So einfach ist es nicht, Kathrin."
„Doch, Robert, genau so einfach ist es. Dein Handeln ist falsch."
Erschrocken blickte er Sie an.
„Wie kannst du nur so etwas sagen? Es ist die einzige Möglichkeit …"
„Es ist falsch!"
Robert senkte erneut sein Haupt.
„Ich verstehe deinen Unmut durchaus, Kathrin …"
„Gar nichts verstehst du! Du verstehst schon lange nichts mehr, dafür warst du all die Zeit viel zu sehr mit dir selbst und deinen Forschungen beschäftigt. Wann hast du mich denn das letzte Mal beachtet, außer im Bett, und selbst da warst du zuletzt mit den Gedanken nicht mehr bei der Sache!"
Robert warf Lucio einen beschämten Blick zu, aber der zeigte sich uninteressiert.
„Sicher hast du dir unser letztes Gespräch etwas anders vorgestellt, Robert, aber es wäre falsch von mir, dir die trauernde Witwe in Spe vorzuspielen, denn du hast es nicht verdient. Ich liebe dich, Robert, und vermutlich werde ich es auch weiterhin tun, aber du lässt mich im Stich. - Du verlässt mich - einfach so - ohne mit der Wimper zu zucken

und das ist falsch. Deine Entscheidung ist falsch. Lebe wohl Robert. So lange du noch kannst."
Ohne zu zögern, drehte Sie sich um und verließ eilig das Büro. Bruder Lucio räusperte sich und folgte ihr. Im Flur positionierte er sich neben der Tür und wartete geduldig auf Robert. Der atmete noch einmal tief durch, dann stand er auf, verließ das Büro und ging gemeinsam mit Bruder Lucio zur Kapelle. Bruder Lucio öffnete die Tür. Sie traten ein und Robert sah sich um. Noch nie hatte er diesen Raum betreten. Normalerweise kannte man diese speziellen Kapellen nur vom hören-sagen. Es gab keine Fenster. Nur ein Kronleuchter, gespickt mit lichtschwachen Glühbirnen, hing an der Decke. In den Ecken des Raumes, welcher etwa zehn Meter in der Länge und sieben Meter in der Breite maß, standen große, einfach gehaltene Kerzenständer mit dicken, roten Wachskeulen. Dieser Raum war ein trostloser Ort. Lediglich das große Kreuz, an der Wand gegenüber der Tür, gab diesem Ort noch ein wenig Hoffnung.
„Sind Sie soweit, Mr. Seaman?"
Seaman nickte und begab sich zur Bare, welche inmitten des Raumes stand. Es handelte sich um eine große, einfach gehaltene Marmorplatte, gestützt von vier runden, etwa zwanzig Zentimeter dicken Marmorsäulen. Seaman legte sich auf den Rücken. Es war unbequem, aber das spielte keine Rolle.
„Ich bin soweit."
Bruder Lucio nickte. Er öffnete ein kleines Holzetui und entnahm ihm eine Spritze, welche mit einer milchigen Flüssigkeit gefüllt war. Robert Seaman schloss die Augen. Lucio formte andächtig ein Kreuz, dann begann er vorsichtig Seamans Ärmel hochzukrempeln. Noch einmal überprüfte er den fachgerechten Zustand der Spritze, dann versenkte er die Nadel in Roberts Arm und drückte die weiße Flüssigkeit in dessen Vene. Robert atmete ein letztes Mal tief durch, dann schlief er friedlich ein, für immer.

Tagebucheintrag, 29. Oktober 2012
Ankunft in Chrishendale

Ein trostloses Viertel soll es sein, aber das bin ich ja gewohnt. Chrishendale ist nunmehr meine fünfte Station, im Kampf gegen °die Gottlosen° unserer Gesellschaft. „Bergström" verkündeten sie auf der Gemeindeversammlung einmal wieder einig „Sie sind der Richtige! Wenn Sie nicht, wer sonst?" Pastor Wilhelm meinte gar, „Thomas, sie sind ein wahrer Genius, wenn es ums Flanieren mit dem Pöbel geht."
Idiot.
Entschuldige Herr, aber es ist doch wahr. Wie soll man denn die Nähe zu all den Menschen dort draußen finden, wenn man dermaßen unüberlegte Worte von sich gibt? Worte die von unermesslicher Arroganz zeugen, nichts weiter ausdrücken als Ignoranz und bodenlose Selbstgefälligkeit. Leider bin auch ich ein Teil dieses Apparates, welcher, wie ich glaube, seinen Auftrag bei weitem nicht so ernst nimmt wie ich es tue (wobei ich mich natürlich keineswegs hervorheben will, doch beherrscht mich dieser Gedanke mehr und mehr). Es fällt mir wirklich nicht leicht dir diese Worte zu schreiben, doch häufen sich zunehmend Zweifel in mir. Zweifel, ob ich das Seelenheil ganzer Gemeinden wirklich in Rekordzeit heilen kann. Bin ich denn dazu in der Lage? Zweifel, ob es überhaupt einen Sinn hat, denn leben wir nicht in einem Zeitalter, wo die Menschen Gott nicht mehr brauchen und erst dann wieder auf ihn aufmerksam werden, wenn ihre alternden Knochen sie darauf hinweisen. Aber auch hinsichtlich meiner selbst zweifle ich zuweilen, denn es stört mich doch tatsächlich, dass ich in all den Jahren als Pfarrer niemals ein Wort des Dankes erfahren habe. - Lob von Pastoren zählt nicht, denn die denken dabei ausschließlich an ihren eigenen Vorteil. Ist ein Hauch Dankbarkeit denn zu viel verlangt? Ein Lächeln, welches einem das Gefühl gibt gebraucht zu

werden? Ist es denn falsch über so etwas nachzudenken? So etwas zu vermissen? Oder ist es einfach nur menschlich, sich immer mehr den Kopf zu zerbrechen, um dann langsam aber sicher abzustumpfen? Verändere ich mich etwa schon? Schleicht sich die Ignoranz bereits in mein Bewusstsein, wo sie langsam zu einem Tumor namens Arroganz heranwächst?

Und jetzt auch noch dieser Traum, den ich heute Nacht so realistisch erleben musste und der es mir nicht gerade leichter macht. So real als wäre ich dabei gewesen, jedoch nur als stiller Beobachter. Welches Geheimnis nahm dieser ominöse Robert Seaman letzte Nacht mit ins Grab? - wenn er denn eins bekam, denn das weiß ich leider nicht, endete mein Traum doch abrupt als Seaman verstarb. Ein Ableben das Fragen aufwirft, denn in welcher Welt kann ein Geistlicher als Henker fungieren? In meiner eigenen etwa? Waren es meine eigenen finstersten Gedanken, die ich heute Nacht durchlebte? Diese Vorstellung lässt mich erschaudern.

Du stellst mich wahrlich vor schwere Prüfungen, Herr, hat mich am Ende meines Traumes der angeschlagene Seelenzustand dieser wunderschönen Frau doch weitaus mehr berührt, als es das Schicksal Robert Seamans je zu tun vermochte. Ich kenne sein Geheimnis nicht, doch erwähnte Kathrin, seine Entscheidung sei falsch. Warum? Ich weiß es nicht, aber ein anderes °Warum° beschäftigt mich ohnehin mehr? Nämlich: Warum geht mir Kathrin nicht mehr aus dem Kopf? Etwa weil ich auch nur ein Mann bin? Dann sollte ich mich, in meiner Eigenschaft als Pfarrer, jetzt eigentlich schämen, aber ich tue es nicht, betrachte diese Gedanken stattdessen einfach als Lohn für meine Öffentlichkeitsarbeit.

Was soll das Ganze eigentlich? Es war ein Traum. Sehr realistisch, aber ein Traum. Ich sollte mich jetzt besser auf mein künftiges Zuhause vorbereiten. Die Gemeinde Chrishendale-Süd. Noch weiß ich nicht was auf mich zukommt, doch vermute ich den üblichen Ärger, zu welchem unter anderem die anfänglichen Beleidigungen unwissender Teenager gehören, denen man zu Hause eintrichtert, die Kirche würde sie nur ausbeuten, um selbst in Sauß und Brauß leben zu können. Wer braucht schon die Kirche? Pfaffe kann doch jeder. Eine Kutte und ein breites Grinsen, was muss man denn sonst noch können? Meistens ist es aber gerade dieses breite Grinsen das falsch verstanden wird, - „Vom Pöbel" würde Pastor Wilhelm jetzt wohl sagen - und das als überheblich und weltfremd gewertet wird. Leider trifft dies auch allzu oft zu und so kann ich nur hoffen, dass °mein Lächeln° auch in Zukunft ein großes Maß an Ehrlichkeit beibehalten wird.

Ich habe mir vorgenommen mich dieses mal nicht zu sehr einzugewöhnen, denn vermutlich bin ich in spätestens zwei Jahren sowieso wieder weg. Von einer Problemstadt zur nächsten. So verläuft mein Leben nun einmal und endet vermutlich irgendwann in irgendeinem bedeutungslosen Städtchen, wo mich niemand richtig kennt und wo mich erst recht keiner vermisst. Ist es nicht merkwürdig? Einst wurde ich Pfarrer um die Menschen der Kirche näher zu bringen, doch jetzt sieht es so aus, als brächte die Kirche mir den Verdruss näher.

Verzeih mir bitte Herr - wenn du mich überhaupt hörst.

Ein ganz normaler Tag im Leben von Rufus Chrommick

8 Uhr in der Frühe. Rufus Chrommick war, wie immer, der Erste im Hauptkomplex der Universität für Astronomie und Astrophysik in Chrishendale. Er ist Astronom mit Schwerpunkt Sternentstehung und Planetenbildung und ein wahrhaft sturer Vertreter eines °statischen Universums°. Was natürlich allseits gerne belächelt wurde, denn wer glaubte in Zeiten des Urknalls, der Quantenphysik und der String Theorie noch an ein statisches Universum? Chrommick argumentierte; nur ein statisches Universum lasse sich mit Gott vereinbaren, da es - genau wie Gott - schon immer existiere. Er solle doch Pfarrer werden, stänkerte Seaman erst kürzlich, würden doch so viele ahnungslose Menschen dort draußen seinen Predigten sicher Glauben schenken, während er hier im Institut mit seinem Blödsinn lediglich die Studenten von wichtiger Bildung abhalte.
Robert Seaman.
Dieser arrogante Stinkstiefel war Chrommick nunmehr seit fünf Jahren ein Dorn im Auge. Alle glaubten er sei ein Genie, aber für Rufus Chrommick war Seaman der Leibhaftige in Menschengestalt. Ein selbst verliebter Blender, der seine scharfe Zunge geschickt dazu nutzte sein Umfeld in seinen teuflischen Plan einzubinden. Wenn Chrommick von Seamans Plan sprach, meinte er damit dessen Absicht Gottes Existenz zu widerlegen. Seaman glaubte nicht an Gott und machte auch keinen Hehl daraus. Bei jeder Gelegenheit wies er darauf hin, dass Gott ein Auslaufmodel sei und ER es irgendwann beweisen würde. Er verkündete °seine Botschaft° stets mit einer solch maßlosen Überheblichkeit, dass der Teufel selbst vermutlich vor Scham im Boden versunken wäre. Man kann sich an fünf Fingern abzählen, dass Chrommick Seamans °Liebling° war, wenn es darum ging jemanden zu demütigen. Für Seaman war es stets ein großer Spaß, aber

Rufus Chrommick hasste diesen Mann und genau da lag auch sein Problem, denn ein Gott gläubiger Mensch hasst nicht. Jedenfalls nicht so. Rufus Chrommick war einst - vor diesen fünf Jahren - ein freundlicher, hilfsbereiter Mensch, den alle schätzten und mochten. Er lehrte sein Wissen, welches durchaus beachtlich ist, und Studenten, so wie Kollegen, respektierten seinen Glauben. Doch dann kam Robert Seaman ins Institut und alles veränderte sich. Chrommick veränderte sich. Robert Seaman veränderte Chrommick.

„Rufus!"
Chrommick drehte kurz den Kopf und ging unbeirrt weiter, ja schien gar zu beschleunigen.
„Rufus! Gut dass ich Sie so früh treffe!"
Bei Chrommicks Verfolger handelte es sich um Ronald Brigg, einen der Ordinarien des Instituts.„Rufus, nun warten Sie doch! Mein Gott, Sie werden ja immer schneller! Wollen Sie etwa vor mir flüchten?"
„Ja, Ronald, weil ich ganz genau weiß, was Sie von mir wollen!"
„Dann verstehen Sie bestimmt auch die Notwendigkeit eines Gespräches unter vier Augen, Rufus!"
„Es gibt nichts dazu zu sagen!"
Brigg hatte sich inzwischen bedrohlich genähert.
„Mein Gott Rufus, ich verlange doch nicht mehr von ihnen, als bei diesem Vortrag anwesend zu sein und ein paar Hände zu schütteln."
„Darf ich meine Meinung äußern?"
„Nun ja, das wäre dann wohl der nächste Punkt den ich ansprechen wollte."
„Wusste ich es doch."
„Verstehen Sie doch, Rufus, Seaman ist zur Zeit unser Aushängeschild. Seine Arbeit steht vermutlich kurz vor dem Durchbruch. Wichtige Leute werden bei diesem Vortrag anwesend sein. Die Presse, aber vor allem

Geldgeber und nicht zu vergessen, die Regierung. Ja, die schicken auch einen Vertreter. Chrishendale könnte ein zweites Cambridge werden. Die angehenden Studenten auf der ganzen Welt würden sich um einen Studienplatz hier reißen."
„Sind Sie fertig, Ronald?"
„Erst wenn Sie mir versprechen sich zurückzuhalten."
„Ich werde es versuchen, sind Sie jetzt zufrieden?"
„Rufus, bitte machen Sie keine Dummheiten." Brigg griff vorsichtig nach Chrommicks Schulter und der blieb abrupt stehen. „Wir kennen uns jetzt schon eine halbe Ewigkeit, Rufus, und Sie wissen wie sehr ich Sie schätze. Immer wieder habe ich mich in den letzten zwei Jahren für Sie eingesetzt. Sie wissen ganz genau was ich meine. Ich habe nie eine Gegenleistung von ihnen verlangt, bis heute. Machen Sie einfach gute Miene zu °ihrem bösen Spiel° und wir sind quitt. Haben Sie mich verstanden, Rufus?"
Chrommicks Miene wirkte leblos.
„Sie wissen, dass Sie Gott verleugnen, Ronald, oder?"
Briggs Blick war leer, als er antwortete. „Ich bitte Sie, wer interessiert sich denn heute noch für Gott?"
Chrommick sollte Mitleid haben mit diesem armen Sünder, doch drückte sein Antlitz eher Wut aus. Blanke Wut, die ihn dazu veranlasste, Ronald Brigg einfach stehen zu lassen und seines Weges zu gehen.
„Denken Sie gut darüber nach, Rufus! Hören Sie?"
Rufus Chrommick hörte die Worte und sie machten ihn wütender und wütender, je mehr sie in seinem Kopf nachhallten. Er betrat sein Büro und verschwendete nicht einen Gedanken an Gott, als er alles dort befindliche von seinem Schreibtisch fegte und selbigen danach auch noch mit wüsten Fußtritten bedachte. Konnte dieser Mensch (Seaman) nicht einfach aus seinem Leben verschwinden? Was hatte er denn verbrochen, dass dieses Schwein vor fünf Jahren in sein geordnetes Dasein eindringen musste? Ist es eine Prüfung? Muss er etwa dem Teufel widerstehen? Aber

warum? Rufus Chrommick brauchte dringend Beistand.

Kathrin Seaman

Es war ein schöner Oktobermorgen, den Kathrin Seaman von ihrem Wohnzimmerfenster aus verpasste. Pausenlos grübelte sie über die egoistische Entscheidung ihres Mannes nach, sein Leben einfach zum Fenster hinaus zu werfen. Warum? Warum hatte er Sie alleine gelassen? War Sie denn wirklich so unwichtig für ihn? War Kathrin denn stets nur seine dritte Wahl?
Kathrin sah zum Fenster hinaus, ohne wirklich etwas wahrzunehmen. Einzig Robert Seaman, ihr Gatte, blickte Sie immer wieder an und forderte Sie auf das Rätsel zu lösen. Sie sah nicht die wunderschöne Allee, mit all den Kastanien und der breiten, Kopfstein gepflasterten Straße, die das Geklapper der Hufen wiedergab. Gespanne unterschiedlichster Bauweise zogen die Pferde und Ochsen hinter sich her und für viele Menschen waren ihre Kutschen auch ihr Wohnsitz. Gerade kam ein Großtransporter der Mission vorbei, um die umliegenden Versorgungsstationen zu beliefern. Diese Transporter waren riesig. Sie waren kastenförmig, schwarz lackiert und auf jeder Seite, sowie auf dem Dach, mit einem großen goldenen Kreuz versehen. Sie fuhren mit Verbrennungsmotoren, welche ausschließlich die Kirche nutzen durfte. Dem gemeinen Volk war es unter Strafe verboten Technologien zu nutzen, es sei denn, es geschah im Namen Gottes, denn Gott gab der Kirche die Technologie um das Volk mit allem, zum Leben Notwendigen, zu versorgen. Das Volk erwirtschaftet, die Kirche verwaltet und verteilt. So waren es die Menschen gewohnt. Wer die Kirche ehrt, lebt in Frieden, lautete das Motto und jeder hielt sich daran. Die Zehn Gebote waren das Fundament des christlichen Daseins und alle befolgten sie, denn zuwider handeln wurde stets bestraft.
Du sollst nicht töten, lautet das sechste Gebot. Dachte Robert etwa nicht daran, als er sich entschloss zu sterben? Immer wieder kreisten ihre Gedanken um ihn. Hätte Sie es

vielleicht doch verhindern können? War Sie etwa nicht aufmerksam genug?
Es klopfte und Kathrins Augenlider zuckten. „Es ist offen!" rief Sie, ohne sich zu regen. Die Tür öffnete sich und ein Mann in schwarzem Anzug betrat den Raum.
„Sie wollten mich sprechen, Miss Seaman?"
„Ja. Treten Sie näher, Mr. Chrommick ... treten Sie näher."
Rufus Chrommick trat langsam an Kathrin heran, während Sie weiter reglos vorm Fenster verharrte.
„Das plötzliche Ableben ihres Mannes muss ein schwerer Verlust für Sie sein. Ich möchte ihnen an dieser Stelle nochmals mein tiefstes Mitgefühl ausdrücken."
„Danke, doch habe ich Sie nicht hierher bestellt um mich an ihrer Schulter auszuweinen."
Trotz ihres scharfen Tons lächelte Chrommick, was Kathrin jedoch verborgen blieb, schweifte ihr Blick doch noch immer blind die Allee entlang.
„Nun, ich hatte dergleichen auch nicht erwartet, doch frage ich mich tatsächlich warum ich hier bin." Erst jetzt drehte sich Kathrin um.
„Sie sind hier, Mr Chrommick, weil Sie der einzige Mensch sind der weiß welches Geheimnis mein Mann mit ins Grab nahm. Erzählen Sie mir etwas darüber."
Rufus Chrommicks Wangen bebten, als müssten sie gerade mit aller Gewalt einen angehenden Lachkrampf unterdrücken. Auf Kathrin wirkte dieses Verhalten zutiefst herablassend und nur zu gerne hätte Sie ihn jetzt geohrfeigt, doch leider war er im Augenblick der einzige, der ihre Fragen beantworten konnte.
„Sie waren der Handlanger meines Mannes, da haben Sie doch sicher so einiges mitbekommen."
°Handlanger°. Sie wählte dieses Wort ganz bewusst, würde es Rufus Chrommick doch zutiefst treffen. Seine Wangen beruhigten sich wieder und formten ein selbstgefälliges Grinsen in sein Gesicht.
„Robert Seaman war ein brillanter Denker, Miss Seaman.

Ein Genie. Er konnte sich Dinge vorstellen, die vermutlich nicht einmal Gott gesehen hätte. Es ist eine Ehre, für jemanden wie ihn der °Handlanger° zu sein, Miss Seaman, und glauben Sie mir, ich war ein guter Handlanger, denn ich wusste stets was zu tun war. Ich habe brillant°assistiert° ... und gelernt."
Kathrin trat etwas näher an Chrommick heran.
„Ist dieses Wissen denn gefährlich für unsere Gesellschaft?"
Rufus Chrommick lächelte zufrieden.
„Das kommt ganz auf den Standpunkt an, Miss Seaman."
„Welchen Standpunkt vertreten Sie, Mr. Chrommick?"
Chrommick blickte - irgendwie amüsiert - zur Seite.
„Nun, da ich gerade hier stehe würde ich sagen ... " er blickte Kathrin tief in die Augen „ ...denselben wie Sie."
Kathrin zögerte einen Augenblick.
„Kann ich ihnen denn trauen, Mr Chrommick?"
Der lachte amüsiert auf.
„Aber Miss Seaman, ich bitte Sie. Sie haben mich doch hierher bestellt."
Kathrin nickte.
„Gut. Wir sollten unser Treffen nicht an die große Glocke hängen ..."
„Sie meinen sicherlich °unsere Treffen°. Mehrzahl."
Kathrin war irritiert.
„Was meinen Sie?"
„Wie ich bereits sagte, war ihr Mann ein Genie. Man kann seine Arbeit nicht einfach so erklären. Sie bedarf einer Anschauung. Man muss sie sehen, sie erleben, sie verinnerlichen."
Ein Funke Wahnsinn blitzte aus Chrommicks Augen hervor, Kathrin konnte es deutlich erkennen.
„Sie glauben nicht an Gott." sagte Sie, ohne auch nur eine Sekunde darüber nachgedacht zu haben. Chrommicks euphorisches Grinsen verschwand daraufhin langsam und er entgegnete, „Ich glaubte an Robert Seaman, aber er hat

mich im Stich gelassen, genau wie er Sie im Stich gelassen hat."
Er bohrte seinen Blick in Sie und obwohl Kathrin diesen Vergleich als eine bodenlose Frechheit empfand, blieben ihre Lippen verschlossen.
„Sicher sind unsere Beweggründe unterschiedlicher Natur" fuhr Chrommick fort, „doch haben sie uns heute hier zusammengeführt. Sie wollen die Arbeit ihres Mannes kennenlernen und ich freue mich darauf sie ihnen zu präsentieren, Miss Seaman. Unser heutiges Treffen ist eine Fügung des Schicksals, wir sollten diese Gelegenheit nutzen."
„Worum handelt es sich bei der Arbeit meines Mannes?" fragte Kathrin übertrieben streng und Rufus Chrommick lächelte das Lächeln eines glücklichen Kindes, als er antwortete, „Lassen Sie sich doch einfach überraschen."

In der Petruskirche in Chrishendale-Süd

Thomas genoss seinen ersten Tag, hatten sich doch bislang nur zwei Teenager über ihn lustig gemacht und ihn, zu seiner allergrößten Freude, bereits acht Gemeindemitglieder begrüßt. Rekord! Was hätte den Tag wohl jetzt noch vermiesen können? Er atmete entspannt durch und sah sich zufrieden um, als ein Mann in grauem Anzug die Kirche betrat. Der sah sich hektisch um und erblickte schließlich den Pfarrer. Sofort setzte er sich in Bewegung, Thomas als Ziel vor Augen. Dem wurde ein wenig unwohl bei diesem Tempo, doch hob der Besucher schließlich die Hand und rief, „Herr Pfarrer, ich brauche dringend ihren Beistand!"
Thomas Blutdruck senkte sich umgehend wieder und er ging dem hektischen Mann entgegen.
„Beruhigen Sie sich, mein Freund. Was ist denn passiert?"
„Noch nichts, aber vielleicht ist es nur noch eine Frage der Zeit bis etwas passiert."
„Gütiger Gott, was reden Sie da? Beruhigen Sie sich zuerst einmal und dann erzählen Sie mir in aller Ruhe was Sie bedrückt."
Der Mann sah Pfarrer Bergström mit wahnsinnigen Augen an.
„Ich bin Professor für Astronomie an der Universität Chrishendale und mein Name ist Rufus Chrommick. Merken Sie ihn sich gut, falls ich eine Dummheit begehen sollte."
„Aber was für eine Dummheit sollten Sie denn begehen?"
Chrommick blickte den Pfarrer eindringlich an.
„Sie sind doch ein Gott gläubiger Mensch, nicht wahr? Sie sind der einzige dem ich mich anvertrauen kann. Mit niemandem sonst kann ich darüber reden, denn dieses Monster hat alle auf seine Seite gezogen." Chrommick schüttelte sich gequält. „Ich muss mich zusammenreißen. Ein gläubiger Mensch, wie ich doch einer bin, darf sich nicht so gehen lassen."

„Zorn liegt in der menschlichen Natur, man muss sich dessen nicht schämen." entgegnete Thomas ruhig, aber Rufus Chrommick schüttelte den Kopf. Er wirkte sichtlich verzweifelt.

„Seit fünf Jahren wird mein Leben Stück für Stück in Trümmer gelegt von diesem Teufel, der nur eines im Sinn hat, nämlich die Existenz Gottes zu widerlegen."

Thomas legte seine Hand auf die Schulter des Professors und entgegnete lächelnd, „Das haben schon viele versucht."

„Ja genau" erwiderte Rufus „und so wie es bisher niemandem gelungen ist, wird es auch ihm nicht gelingen und doch könnte er etwas offenbaren, was den Anschein der Nichtexistenz Gottes erweckt." Er blickte den Pfarrer eindringlich an. „Die Wissenschaft würde das Weltbild umschreiben. Gott hätte darin endgültig keinen Platz mehr. All die Menschen dort draußen würden ihren Glauben verlieren und die Kirche hätte keine Existenzberechtigung mehr. Können wir das denn wirklich zulassen?"

Thomas war irritiert. Hatte er es hier etwa mit einem verwirrten Glaubensfanatiker zu tun?

„Erzählen Sie mir doch einfach wer dieser Mensch ist und welche Interessen ihn antreiben. Vielleicht finden wir ja eine Lösung für ihr Problem."

Chrommick nickte.

„Sein Name ist Robert Seaman und er ist …"

„Was sagten Sie da gerade?"

Rufus überraschte Pfarrer Bergströms plötzliche Unterbrechung. Er sah ihn erstaunt an.

„Ich sagte, sein Name ist Robert Seaman. Kennen Sie ihn etwa?"

Natürlich kannte ihn Thomas. Seaman war der Mann aus seinem Traum, aber das konnte er diesem Mann ja schlecht auf die Nase binden.

„Nein, nein, entschuldigen Sie. Ich hatte wohl etwas falsch verstanden. Erzählen Sie weiter."

Der Professor nickte hektisch.

„Seaman bereitet gerade ein Experiment vor, mit dem er die Existenz von Paralleluniversen beweisen könnte und so verrückt es aus meinem Munde auch klingen mag, könnte er damit tatsächlich Erfolg haben."
„Aber wäre das denn wirklich so schlimm? Brauchen die Menschen in diesen anderen Universen denn nicht auch einen Gott?"
„Sie und ich wissen das, Herr Pfarrer, aber für die Wissenschaft ist die Existenz von Paralleluniversen so etwas, wie der ultimative Beweis für die Nichtexistenz Gottes und wir leben nun einmal in einer Welt, die der Wissenschaft mehr vertraut als Gott, oder sind Sie da etwa anderer Meinung?"
Das war Thomas nicht, zweifelte er doch schon lange am Glauben seiner Mitmenschen, doch kommt es auch immer auf den Standpunkt an und der seines °aktuellen Schäfchens° war ziemlich radikal. Wäre da nicht dieser mysteriöse Name, den der Professor in den Raum warf und den Thomas aus seinem Traum kannte, hätte er diesem Mann vermutlich einen Seelsorger oder einen Arzt empfohlen, aber unter den gegebenen Umständen musste er an dieser Geschichte unbedingt dranbleiben.

Tagebucheintrag, 30. Oktober 2012
Mein zweiter Tag und eine seltsame Begegnung

Nie hätte ich geglaubt, dass gleich der erste Tag in meiner neuen Gemeinde so mysteriös verlaufen würde. Nicht nur, dass die Pöbeleien pubertierender Jugendlicher ausblieben und mich, für meine gewohnten Verhältnisse, geradezu, eine Flut von Schäfchen überschwänglich begrüßte - was ja an sich schon mysteriös ist - tauchte auch noch dieser seltsame Mann auf und erzählte diese verrückte Geschichte. Eine Geschichte, die ich niemals ernst genommen hätte, wäre sie nicht auf seltsame Weise mit mir verknüpft. Robert Seaman ist jener Mann, der in meinem Traum freiwillig sein Leben opferte, um dein Ansehen zu wahren, Herr. In der Realität scheint er jedoch genau das Gegenteil erreichen zu wollen, wofür ihn Rufus Chrommick hasst und er kommt damit ausgerechnet zu mir. Ein Zufall?

Der Glaube dieses Mannes in dich ist so stark, Herr, dass ihn der Gedanke, all die Gottesfürchtigen Menschen dort draußen könnten ihren Glauben gestohlen bekommen, in den Wahnsinn treibt. Solche Hirten bräuchtest Du zuhauf, Herr, und doch entschloss sich dieser Mann Sterne zu studieren. Wieso glaubt Rufus Chrommick an Gott als Schöpfer, obwohl °seine Wissenschaft° längst bewiesen hat, dass alles Leben aus Sternenstaub entsteht? Nun, Staub lebt eben nicht und da kommst Du ins Spiel, Herr, denn wer, außer einem großen Schöpfer, könnte schon aus Staub Leben erschaffen? Genauso argumentierte Rufus Chrommick, gestern in der Kirche, und als Pfarrer werde ich ihm natürlich zu hundert Prozent beipflichten. Aber ist es wirklich so einfach? Wenn du uns wirklich nach deinem Ebenbild erschaffen hast, Herr, warum hast du uns dann eigentlich einen freien Willen mit auf den Weg gegeben? Du weißt ganz genau, dass ihn Menschen missbrauchen werden, auch um deine Existenz zu leugnen. Aber für diesen Fall hast du ja mich, nicht wahr? Meine Aufgabe,

als Pfarrer, ist es ja schließlich, genau dem entgegenzuwirken. Rufus Chrommick kann das nicht. Zu verbissen sieht er den Glauben und genau deswegen studiert er auch Plasmakugeln, denn denen kann er seinen Willen nicht aufzwingen. Sehe ich das richtig, Herr? Wie immer wirst Du mir die Antwort schuldig bleiben, aber ich nehme es dir nicht übel, denn auch Du hast schließlich einen freien Willen.
Chrommick erzählte von einem Vortrag der am nächsten Tag stattfinden würde und bat mich, ihn dorthin zu begleiten. Natürlich werde ich es tun, denn ich bin nur zu gespannt auf diesen Robert Seaman. Wird er wirklich der Mann aus meinem Traum sein, oder wird sich das Ganze am Ende doch nur als dummer Humbug entpuppen? Wir werden sehen.

Im Labor von Robert Seaman

Kathrin kannte das Labor nicht. Robert hielt Sie stets von dort fern. Er wollte nie, dass Sie Kenntnis von seiner Arbeit bekommt, denn die Beamten des Kardinalgroßpönitentiar sind sehr geschickt darin, ihren Mitmenschen Geheimnisse zu entlocken. Auch sind sie alles andere als zimperlich, wenn es um Bestrafung geht und weil ihre Befugnisse weit reichen, ist Unwissenheit der beste Schutz vor ihnen. Alleine die Tatsache, dass Kathrin und Chrommick sich gerade in diesem Labor aufhielten, hätte schon ausgereicht, um die beiden umgehend vorzuladen.
Kathrin sah sich um und als erstes fiel ihr diese Unordnung auf, die ganz und gar nicht zu Robert passte. Ihr war sofort klar, dass Chrommick dahintersteckte. Vermutlich trieb er sich schon die ganze Zeit heimlich hier herum. Überall lag Werkzeug. Es verteilte sich über Tische, Schränke, Regale und auch über den Boden. Dazwischen stachen, unregelmäßig verteilt, immer wieder zerknüllte Essenstüten und gar Reste von Nahrung ins Auge. Kathrin schüttelte es. Robert war erst vier Tage tot. Wie würde es hier wohl in vier Wochen aussehen? Sie sah sich weiter um und schließlich blieb ihr Blick an mehreren Apparaten hängen, welche unregelmäßig um einen Televisor mittlerer Größe angeordnet waren. Links, neben dem Wirrwarr von Geräten, befand sich eine runde Plattform, etwa einen Meter im Durchmesser, auf der eine zwei Meter hohe, zugängliche Glasglocke stand.
„Was ist das?" fragte Kathrin neugierig. Chrommick trat neben Sie und antwortete mit einer unglaublichen Selbstverständlichkeit.
„Das ist der Beweis, dass Gott nicht existiert."
Erschrocken zuckte Sie zusammen.
„Was reden Sie da für einen Unsinn? Seien Sie gefälligst still!"
„Sie glauben mir nicht?" fragte Chrommick grinsend und

mit einem erschreckenden Glitzern in den Augen. „Natürlich nicht, denn Sie haben ja auch gar keine andere Wahl." Er ging auf den Televisor zu und schaltete ihn ein, dann aktivierte er den Rest der Apparate und sprach weiter. „Sie glauben ja ihr Mann sei wohlbehütet bei Gott, so wie alle unsere Lieben die irgendwann einmal von uns gingen. Aber wer ist Gott eigentlich und was hat er mit uns vor? Wird er uns nach unserem Ableben freundlich empfangen und uns den Weg ins Paradies weisen, so wie man es uns ein Leben lang eintrichterte? Oder werden wir uns auf der Suche nach ihm hoffnungslos verirren, in einer Welt, auf die uns zu Lebzeiten niemand vorbereitet hat? Sicher wissen Sie längst worauf ich hinaus will, Miss Seaman, aber die Wahrheit ist noch viel schlimmer, denn hinter jeder Ecke, hinter der wir Gott zu finden hoffen, wird sich ein Atheist verbergen, dessen Leben wir ihm, seines fehlenden Glaubens wegen, einst gewaltsam nahmen und er wird uns auslachen und mit dem Finger auf uns zeigen, weil er nämlich endlich und endgültig weiß, dass er Recht hatte. Doch der ein oder andere von uns könnte ja vielleicht doch noch seinen Gott finden, nämlich denn Gott der Selbstbestimmung, den Gott des freien Willens, den Gott der Entfaltung, was aber nur gelingt, wenn er bereits zu Lebzeiten erkennt, dass ein transzendenter, ein stets unser Leben bestimmender Gott nicht existiert. Ihr Mann, Miss Seaman, hat es erkannt."

Er sah Sie mit überlegenem Blick an, dann drückte er einen Knopf und der Televisor zeigte Robert Seaman, der gerade ein Gebäude betrat, welches Kathrin völlig fremd war.

„Was soll das? Das ist eine Aufzeichnung. Machen Sie sich etwa über mich lustig?"

„Aber niemals, Gnädigste, sehen Sie einfach genauer hin. Betrachten Sie ihren Mann ganz genau."

Kathrin näherte sich dem Televisor langsam.

„Ich habe Robert noch nie in diesem Anzug gesehen - er besitzt keinen Anzug dieser Art."

„Natürlich nicht" erwiderte Chrommick ganz selbstverständlich, „weil man solche Anzüge in unserer Welt nicht trägt."
Kathrin war verwirrt.
„In unserer Welt?"
„Ja, genau, in unserer Welt." antwortete Chrommick. „Der Welt, in der Robert Seaman tot ist. Aber in dieser Welt" er deutete auf den Televisor „lebt er weiter."
Er ging auf Kathrin zu und platzierte sich so dicht neben ihr, dass Sie spontan den Drang verspürte den Raum zu verlassen. Sie blieb aber, plagte Sie doch eine ungebändigte Neugier bezüglich Roberts angeblich neuen Lebens. Kathrin sollte auch sogleich mehr darüber erfahren, denn Rufus Chrommick flüsterte ihr die vermeintliche Wahrheit gerade ins Ohr.
„Er hat Sie verlassen, Kathrin, so wie er mich verlassen hat und all die Menschen, die seinen genialen Geist brauchen. Er hat erkannt, dass er keiner höheren Macht untersteht und seinen Willen frei entfalten kann, sich also seiner Verantwortung einfach entledigen kann. Seiner Verantwortung für Sie, Kathrin. Für Sie und für uns alle. Aber es gibt noch Hoffnung, denn Sie können ihn zur Vernunft bringen, Kathrin. Nur Sie können das, aber dazu müssten Sie mit ihm sprechen, also den gleichen Weg gehen, den er ging."
Sie zuckte erschrocken zusammen.
„Robert ist ... "
„Tot?" fuhr Chrommick ihr in den Satz und zeigte auf den Televisor „Sieht so jemand aus der tot ist? Robert Seaman lebt und nur Sie können ihn zur Vernunft bringen. Sie haben mich zu sich bestellt, weil Sie mehr über ihren Mann wissen wollten. Ich habe ihnen die Wahrheit auf dem Silbertablett serviert, jetzt ziehen Sie gefälligst die einzig logische Konsequenz und holen Sie ihn wieder zurück in unsere Welt, denn die Menschen hier brauchen ihn."
Kathrin zögerte eine Weile, fragte dann unsicher, „Wie soll

das funktionieren?"

„Es ist ganz einfach" antwortete Chrommick unmittelbar, „es tut auch nicht weh, Sie werden sich lediglich an einem anderen Ort wiederfinden, den ich von hieraus im Vorfeld bestimme. Der Rückweg gestaltet sich genauso einfach, doch wäre es gut, wenn Sie zu zweit wiederkämen."

Kathrin war unsicher. „So eine Entscheidung muss ich zuerst einmal überdenken. Ich würde sagen morgen …"

„Solange haben wir nicht Zeit! Wie mir zu Ohren kam ist das Pönitentiar bereits über die Erkenntnisse ihres Mannes informiert. Sie werden spätestens morgen hier eintreffen, dann ist alles zu spät. Denken Sie an ihren Mann, aber denken Sie vor allem an all die Menschen die ihn brauchen."

Kathrin zögerte noch immer, hatte Sie doch keine Ahnung was auf Sie zukommen würde. Sollte Chrommick jedoch tatsächlich die Wahrheit sagen, und ihr Mann wirklich noch am Leben sein, dann müsste Sie diesen Schritt unbedingt tun, alleine schon um herauszufinden, warum Robert Sie für ein neues Leben verließ.

„Also gut." willigte Sie schließlich ein, „Was muss ich tun?"

Chrommick lächelte zufrieden.

„Begeben Sie sich einfach auf die Plattform, dann schließen Sie die Augen. Genießen Sie es, denn außer ihnen und ihrem Mann wird nach ihrer beider Rückkehr niemand mehr diese Maschine benutzen."

Kathrin begab sich auf die Plattform und schloss die Augen. Sie war nervös und ihre Stimme bebte, als Sie sagte, „Ich bin bereit."

„Ja, ich auch." antwortete Chrommick und wendete sich schützend ab, während er gleichzeitig einen Hebel bediente. Eine gewaltige Welle glitt, wie Wasser, durch den Raum und gleichzeitig verschwand Kathrin. An Stelle ihrer erfüllte jetzt eine dichte Staubwolke die Glasglocke und man hörte harte Gegenstände zu Boden prasseln. Der dichte

Staub drückte sich langsam aus der Glocke heraus und nach einer Weile konnte Chrommick erkennen was auf der Plattform lag. Es waren Knochen eines menschlichen Skeletts.

„Wie ich schon sagte, Miss Seaman, werden Sie denn gleichen Weg gehen, den auch ihr Mann ging. Leider wird der Tod bei ihnen etwas länger auf sich warten lassen, als dass bei Robert Seaman der Fall war."

Er griff sich einen Besen und kehrte die Knochen von der Plattform.

„Blöde Kuh, macht hier so eine Sauerei." brummte er mürrisch, dann kicherte er wahnsinnig und warf einen neugierigen Blick auf die Uhr.

„Oh, es wird Zeit."

Schnell begab er sich auf die Plattform, zog eine Fernbedienung aus der Tasche und sagte voller Häme,

„Viel Spaß, Rufus Chrommick, mit all den gläubigen Menschen, die Du schon immer um dich scharen wolltest. Viel Spaß."

Wieder kicherte er garstig, dann drückte er den Knopf seiner Fernbedienung und erneut waberte eine Welle durch das Labor.

In der Universität für Astronomie und Astrophysik in Chrishendale

Thomas Bergström war wirklich gespannt was ihn erwarten würde. Er hatte sich vorab mit Rufus Chrommick in der Kirche getroffen, um ihn dort ein wenig ruhiger zu stimmen. Der dankte es ihm mit einer Reihe ausführlicher Horrorgeschichten über Robert Seaman, wozu auch Kathrin Seamans Geschichte gehörte. Sie hatte sich vor zwei Jahren das Leben genommen und wurde auf dem Südfriedhof von Chrishendale bestattet, keine fünf Minuten von der Universität entfernt. Robert Seaman wollte es so, weil Sie immer in seiner Nähe sein sollte. Wieder so ein Anfall von Egoismus, meinte Chrommick zu wissen, wollte Kathrin Seaman doch stets neben ihren Eltern bestattet werden und die liegen im Osten.

Chrommick kannte Kathrin gut und erzählte von einer warmherzigen Frau, die stets in Gottes Nähe stand und glaubte man seinen Worten, war der Grund für ihren Freitod °natürlich° Robert Seaman.

Thomas beschäftigte die Tatsache, dass auch Kathrin einst existierte, denn auch Sie kam in seinem Traum vor. Aber warum? Schließlich war sie doch seit zwei Jahren tot. Er wurde immer neugieriger und Chrommick erzählte viel und gab dabei auch ungewollt vieles über sich selbst preis. Er hätte eigentlich eine kirchliche Karriere einschlagen müssen, war sein Glaube an Gott doch so stark, dass er dessen Gebote weit über die menschlichen Gesetze stellte. Für ihn waren Zweifel an der Existenz Gottes einfach nur absurd und würde jeder so innig glauben wie er es tat - schließlich sind wir doch alle Gottes Geschöpfe - dann würde sich das Elend auf der ganzen Welt sicher um ein vielfaches reduzieren. Gott schenkt Liebe und Vertrauen und hätte die Kirche mehr Einfluss auf die Welt, könnte Sie diese Liebe und dieses Vertrauen bedingungslos weitergeben. Rufus Chrommick dachte stets, als

anerkannter Wissenschaftler und sogenannter kluger Kopf könne er den Menschen Gott leichter näher bringen und lange glaubte er auch sich auf einem guten Weg zu befinden, doch dann tauchte Robert Seaman in Chrishendale auf. Seither rannte Rufus Chrommick nur noch mit dem Kopf gegen die Wand.
Der Hörsaal war gefüllt mit Menschen. Presse, potentielle Geldgeber und Regierungsvertreter waren anwesend und mitten drin suhlte sich Robert Seaman in all der Bewunderung und Anerkennung, die ihm schon im Vorfeld seiner, von allen seit Wochen sehnlichst erwarteten, Vorlesung zuteil wurde. Thomas erkannte sofort die herausragende Arroganz, die Seaman, wohl wissentlich, an den Tag legte und er erkannte sie sogar, obwohl ihm vor Erstaunen fast die Luft weg blieb, denn Robert Seaman war tatsächlich der Mann aus seinem Traum. Er schien ein harter Brocken zu sein, einer der keine anderen Meinungen anerkannte. - Einer wie Chrommick, eigentlich. Thomas wurde langsam klar, wohin der Hase hier lief. Zwei knallharte Verfechter, völlig unterschiedlicher Weltbilder, waren hier vor fünf Jahren wie ein Donnerschlag aufeinander getroffen und keiner von beiden war je bereit dazu Kompromisse einzugehen. Offensichtlich stand Seaman jetzt vor einer Art Durchbruch, was Chrommick eine Heidenangst machte. So viel Angst, dass er gar Tötungsabsichten äußerte, nur um Gottes Ansehen zu waren. Oder etwa doch nur sein eigenes? Thomas wusste es nicht, nahm diese Tötungsabsichten aber mittlerweile sehr ernst, konnte er sich doch gerade selbst von Seamans überheblichem Auftreten überzeugen.
„Sehen Sie ihn sich genau an, Herr Pfarrer. Er ist der Teufel in Menschengestalt."
Chrommick hatte für Seaman nicht das Geringste übrig, was selbst einem unachtsamen Zuhörer auffiel.
„Haben Sie doch Verständnis, Mr Chrommick." versuchte Thomas ihn auszubremsen, „Seaman vertritt doch lediglich

einen Standpunkt, genau wie Sie."
„Ich vertrete keinen Standpunkt." entgegnete Chrommick empört. „Gott ist doch kein Standpunkt."
„Natürlich nicht …" erwiderte Thomas prompt und etwas überrumpelt, „…doch ist seine Existenz nun einmal für manch einen ein Streitpunkt, den man vernünftig diskutieren sollte. Sie sind zwei Erwachsene und sehr kluge Menschen, wo liegt ihr Problem?"
Chrommick zögerte, dann lachte er plötzlich.
„Wissen Sie was, Herr Pfarrer" er deutete auf Seaman „warum lernen Sie Robert Seaman nicht einfach selbst kennen. Kommen Sie."
Er ging zielstrebig auf Seaman zu, welcher gerade mit dem Bürgermeister und zwei Vertretern der Regierung anstieß. Thomas folgte ihm. Robert Seaman roch seinen Erzrivalen sofort und man erkannte deutlich an seinem überlegenen Grinsen, dass er sich längst auf Rufus Chrommick eingestellt hatte.
„Chrommick, mein alter Freund! Wollen Sie mir gratulieren, oder wagen Sie wieder einmal einen ihrer kläglichen und leider stets vergeblichen Versuche mich zu blamieren?"
Die Personen um Seaman lachten verhalten und er genoss es.
„Lassen Sie es gut sein Seaman, ich werde Sie nicht blamieren, denn das werden Sie ganz von selbst tun. Gott lässt sich nicht in die Karten schauen."
„Aber Chrommick! Wir haben Gott längst in die Karten geschaut, nur haben Sie es leider nicht mitbekommen. Beten Sie nur weiter an, was Einstein längst widerlegt hat."
„Widerlegt ist nur was bewiesen ist, aber die Wissenschaft kann das Universum lediglich mit Zahlen und einer lächerlichen Anzahl von Beobachtungen erklären. Zahlen sind vielleicht ein nützliches Werkzeug, doch sie enthalten nicht das Feuer des Lebens. Dazu ist ein Schöpfer von Nöten."

„Die String Theorie besagt etwas anderes, Chrommick. Sie sollten es wissen."

„Auch sie besteht nur aus leblosen Formeln, sagt aber nichts über das Wunder des Lebens aus."

„Aber sie sagt uns viel über die Beschaffenheit des Universums, welches, seien wir doch einmal ehrlich, keinen Gott braucht."

„Entschuldigen Sie bitte meine Zwischenfrage" mischte sich Thomas ein, „aber wie kann eine mathematische Formel die Existenz unseres Herrn in Frage stellen?"

Chrommick, Seaman und die °drei Ahnungslosen° sahen Thomas gleichermaßen verdutzt an. Seaman reagierte als erster.

„Wie ich sehe, haben Sie Verstärkung mitgebracht, Chrommick. Haben Sie so etwas denn wirklich nötig?"

„Mein Name ist Bergström. Pfarrer Bergström und ich bin keineswegs hier, um Professor Chrommick irgendeine Form von Hilfestellung zu geben …"

„Und doch sind Sie hier, Pfarrer … wie war doch gleich ihr Name?"
-
„Bergström, aber Sie müssen sich meinen Namen nicht merken."

„Oh, danke. Wie nett von ihnen."

Dieser Mensch schaffte es tatsächlich einen völlig aus der Fassung zu bringen. Wie konnte Rufus Chrommick das nur fünf lange Jahre ertragen? Thomas war wirklich verwirrt, denn es war schon sehr lange her, dass ihn jemand innerlich so sehr aufgewühlt hatte.

„Entschuldigung, aber ich hatte gerade eine Frage gestellt" fuhr Thomas schließlich entschlossen fort, „Wie kann eine Formel …"

„Sie kann es!" unterbrach ihn Seaman barsch, „und ich würde es ihnen sogar erklären, Pfarrer, aber das Problem dabei ist, Sie würden es nicht verstehen. Da Sie aber schon einmal hier sind, können Sie ja gerne meinem Vortrag beiwohnen und, wer weiß, vielleicht bleibt ja ein klitzekleines Bisschen davon hängen. Wenn Sie mich jetzt bitte entschuldigen würden, denn ich habe wirklich wichtigeres zu tun, als mich über ein °Auslaufmodel° zu unterhalten."

Er brüskierte die beiden, indem er ihnen einfach den Rücken zudrehte. Thomas hätte ihm am liebsten in den Allerwertesten getreten, wogegen Chrommick dieses Verhalten längst gewohnt war. Er reagierte besonnen und sagte ruhig, „Lassen Sie uns gehen. Wir sind hier ohnehin fehl am Platz."

Sie gingen die Stufen hoch und platzierten sich neben der Eingangstür.

„Was genau präsentiert Seaman heute eigentlich?" fragte Thomas. Chrommick atmete tief durch und antwortete.

„Schon immer versuchte er die Existenz von Paralleluniversen zu beweisen. Seaman behauptet, er könne diese Parallelwelten mit Hilfe von Gravitationswellen aufspüren und somit ihre Existenz beweisen. Sollte er recht behalten, würde dies bedeuten, dass unser Universum nur eines von unendlich vielen wäre, in einem Meer von Universen, die allesamt unterschiedlichen physikalischen Gesetzen unterliegen und einen Schöpfer somit ad absurdum führen. Wir wären dann lediglich noch ein Fall für die Statistik."

„Aber wie sollte er so einen Beweis erbringen?"

Chrommick zuckte mit den Augenlidern.

„Leider weiß ich es nicht, aber ich kenne Robert Seaman mittlerweile lange genug. Er würde eine solche Veröffentlichung nicht machen, hätte er keine handfesten Beweise."

Thomas schüttelte ungläubig den Kopf.

„Die Menschen werden auch weiterhin an Gott festhalten, Mr. Chrommick. Glauben Sie mir. Alle diese Universen, die Robert Seaman dort draußen vorzufinden glaubt, werden selbst mit vereinter Masse nicht in der Lage sein, den so

fest in uns verwurzelten Wunsch nach Glauben zu erdrücken. Es spielt dabei keine Rolle woran wir glauben. Wichtig ist nur, dass wir glauben."
„Ach ja? Woran glauben Sie denn, Herr Pfarrer?" Chrommick wirkte verärgert über Thomas Aussage.„Was mich angeht, so glaube ich konkret an Gott. Vielleicht sollten Sie, als Pfarrer, einmal darüber nachdenken?"
Thomas fragte sich gerade, wer von den beiden Wissenschaftlern den größeren Schaden hatte.
„Es spielt hier keine Rolle woran °ich° glaube. Glaube ist etwas, dass unserem freien Willen entspringt. Niemand auf der Welt sollte zu einer bestimmten Glaubensform gezwungen werden."
„Nun, vermutlich vermittelt die evangelische Kirche ja eher das Bild eines Gottes des Allerlei." konterte Chrommick unmittelbar und angriffslustig, „Ich jedenfalls halte mich an die Vorgaben der katholischen Kirche und die besagen klar, dass es nur einen wahren Gott gibt." Chrommick wandte sich Pfarrer Bergström unmittelbar zu. „Und dieser Gott schuf nicht nur alles Leben, sondern auch das gesamte Universum. Es bleibt leider nur die Kirche, um diese Botschaft zu vermitteln, ist die Wissenschaft doch zu sehr mit sich selbst beschäftigt. Darüber sollten Sie einmal nachdenken, °Pfarrer° Bergström."
Thomas waren die beiden mittlerweile nur noch unheimlich. Wäre da nicht dieser mysteriöse Traum, mit all seinen Übereinstimmungen hingehend realer Begebenheiten, hätte er schon längst das Weite gesucht, oder wäre erst gar nicht hierher gekommen. War es dieser Traum der ihn zwang sich all dies anzutun. Etwa um mehr über Kathrin Seaman zu erfahren? Sie beschäftigte Thomas ohnehin mehr als der Rest dieser seltsamen Geschichte und nachdem Seamans Existenz ja nun bewiesen war, hoffte er wohl insgeheim auch noch Kathrin kennenzulernen.
Seaman begann seinen Vortrag mit einer Einführung in die Quantenmechanik, was vermutlich für neunzig Prozent der

Zuhörer langweilig und unverständlich war. Robert Seaman hingegen genoss es in vollen Zügen, dass ihm keiner der Anwesenden intellektuell das Wasser reichen konnte. Für fragende Blicke hatte er stets nur ein mitleidiges Lächeln übrig und gab es einmal eine Zwischenfrage, schaffte er es immer wieder, auf charmante Art und Weise, den Fragenden als Idioten hinzustellen. Das verbale Interesse der Zuhörer sank nach vier Idioten auf Null, worüber Seaman wirklich sehr erleichtert zu sein schien. Schließlich leitete er das eigentliche Thema der Vorlesung mit den Worten ein: „Ich werde ihnen jetzt etwas über meine Arbeit erzählen, Ladys und Gentleman. Eine Arbeit die in erster Linie und unwiderruflich eines offenbart ..." er ließ seinen überlegenen Blick durch die Menge schweifen und blieb schließlich bei Chrommick hängen„ ...nämlich dass Gott nicht existiert!"
Chrommick versuchte ruhig zu bleiben, doch es fiel ihm deutlich schwer. Thomas legte seine Hand auf die Schulter des Professors und hoffte innig, dass er schnell wieder auf den Teppich kommen würde.
„Stellen sie sich doch nur einmal vor wie viel Zeit sie sparen würden, müssten Sie sie nicht für die Kirche nutzen! Sie würden sogar Kirchensteuer sparen und schon hätte meine Arbeit allen etwas gebracht! Ein erster Erfolg!"
Wie ein Applaus fordernder Showmaster breitete Seaman die Arme aus und tatsächlich freute sich die Menge über jenen zynischen Kommentar, welcher doch eigentlich nur für Rufus Chrommick bestimmt war. Der konnte sich jetzt endgültig nicht mehr halten, sprang auf und verließ wutentbrannt den Saal. Thomas blickte vorwurfsvoll zum Rednerpult und erkannte deutlich das schadenfrohe Glitzern in Seamans Augen. Nur zu gut verstand er Chrommick mittlerweile, war dieser Seaman doch tatsächlich ein ausgewachsener Stinkstiefel. Aber war der Weg den Professor Chrommick einschlug nicht auch egoistisch, gar radikal? Ginge es nach ihm, wäre die Welt ein Kirchenstaat.

Seaman hingegen bevorzugte wohl eher die Anarchie, denn genau zu der käme es, würden alle Menschen den Glauben an einen Gott verlieren. Eine weitere Variante einer gottlosen Welt wäre ein totalitäres Regime ohne jede Skrupel, denn vor wessen übermenschlicher Bestrafung müssten sich die Menschen denn noch fürchten. Eine Welt ohne Gott wäre eine Welt ohne Moral und eine Welt ohne Moral würde alle zwangsläufig ins Chaos stürzen. Vermutlich dachte Chrommick ja gerade das Gleiche. Thomas musste unbedingt nach ihm sehen.
Weit war der Professor noch nicht. Thomas sah in gerade rechts abbiegen. Zügig folgte er ihm und erwischte ihn schließlich vor einer Tür, welche der Professor unwirsch aufriss und in den Raum stürmte. Thomas beeilte sich, glaubte er doch Chrommick vor einer Dummheit bewahren zu müssen. Er trat vor den Raum den der Professor gerade gestürmt hatte und an dessen Tür Robert Seamans Namensschild befestigt war. Ein spontaner Verdacht sollte sich unmittelbar bestätigen, denn im nächsten Augenblick krachte und schepperte es hinter der Tür. Thomas riss sie auf und genau in diesem Augenblick verzerrte sich die Wahrnehmung des Pfarrers. Eine Welle schien den Raum zu erfassen. Gleichmäßig wie Wasser glitt sie hindurch. Thomas war sich nicht sicher ob das gerade wirklich passierte, oder ob er einer Halluzination unterlag. Gerade wollte er Chrommick fragen, als ihm dessen seltsames Verhalten auffiel. Instinktiv platzierte sich Thomas, für Chrommick nicht sichtbar, neben dem Türrahmen und beobachtete ihn. Der Professor betrachtete ausgiebig seine Hände, dann seine Kleidung. Er sah er sich sehr interessiert im ganzen Raum um und fing schließlich lauthals an zu lachen. Es war ein wahnsinniges Lachen. Thomas beschloss in seiner Deckung zu bleiben und Chrommick weiter zu beobachten. Die Aufmerksamkeit des Professors fiel auf ein Bild, welches auf Seamans Schreibtisch stand. Es war ein Foto von Kathrin. Thomas erschrak, als auch er es sah, aber

noch viel mehr erschrak er, als Chrommick zielstrebig darauf zuging. Der Professor nahm es in die Hand und betrachtete es intensiv. Sein Gesicht nahm plötzlich perverse Züge an und sein Grinsen wurde geradezu unerträglich, als er sagte: „Miss Seaman. Leider wird ihr Ankunftsort nicht ganz so hell und komfortabel sein wie der meine, was Sie aber nicht sonderlich stören sollte. Schließen Sie einfach ihre Augen. Sie werden ohnehin nichts zu sehen bekommen."
Schlagartig wurde Thomas klar, dass er gerade Zeuge von etwas außergewöhnlichem wurde. Er kombinierte und verstand schnell um was es sich dabei handeln musste. Ohne zu zögern rannte er los, wohl wissend, keine Sekunde verlieren zu dürfen.

Kathrin Seamans Grab

Es war seltsam. Gerade noch stand Sie in dieser Glasglocke, doch jetzt lag Sie weich. Kathrin öffnete die Augen, doch die Dunkelheit blieb. Sie bewegte ihre Arme zur Seite und fand eine erdrückende Enge vor. Zitternd hob Sie eine Hand und stieß schon nach wenigen Zentimetern auf Widerstand. Sofort machte sich Panik in ihr breit. Wild begann Sie sich zu drehen und um sich zu schlagen. Überall suchte Sie panisch nach einem Ausweg und als ihr klar wurde, dass es keinen gab, begann Sie hemmungslos zu schreien. Sie kratzte an ihrem hölzernen Gefängnis, bis ihre Finger bluteten. Kathrin dachte an Gott und fragte sich, warum er ihr das antat. Ihr fielen Chrommicks Worte wieder ein, als der sagte, Gott existiere nicht, doch es war Chrommick, der ihr das angetan hatte? Hatte er Sie etwa betäubt und dann lebendig begraben? Warum? Er hatte Sie belogen! Ja, genau, also existiert Gott doch und wird ihr beistehen! Kathrins Gedanken überschlugen sich. Hatte Sie etwa doch Fehler gemacht und ihren Mann so in den Tod getrieben? War das jetzt ihre gerechte Strafe? Aber was hatte Sie denn falsch gemacht? Macht es überhaupt Sinn, in dieser Situation darüber nachzudenken? Warum lässt Gott so etwas zu?
Weinend, den Tod vor Augen, lag Sie in ihrem Grab und fragte sich unentwegt was Sie falsch gemacht hatte. Womit nur hatte Sie Gott so sehr verärgert? Hatte Sie ihn denn überhaupt verärgert?

Thomas rannte, ohne Rücksicht auf die Gräber, quer über den Friedhof. Er hatte bereits zwei Grabsteine umgerissen und längst die Aufmerksamkeit des Friedhofsgärtners auf sich gezogen, welcher, mit einem Spaten bewaffnet, bereits hinter ihm her war. Es dauerte eine Weile bis Thomas das Grab von Kathrin fand und sofort warf er sich auf die Knie und begann mit den Händen die Erde weg zuscharren. Auch

der Gärtner kam an und verkündete lautstark seinen Unmut über das Vorgehen des Pfarrers. Thomas erspähte den Spaten in dessen Hand, sprang auf und entriss ihn dem verdutzten Mann.
„Holen Sie noch einen und helfen Sie mir!" befahl er dem Friedhofsgärtner lautstark, aber der verstand nur Bahnhof.
„Was Sie hier tun ist illegal! Sie dürfen das nicht!"
„Halten Sie den Mund und helfen Sie mir!" fuhr Thomas den Mann an, „Ich werde die volle Verantwortung übernehmen!"
Thomas sah ihn flehend an, aber er reagierte nicht, schien erstarrt zu sein.
„Ach was soll's." sagte er und grub weiter und während der Gärtner noch immer verzweifelt herauszufinden versuchte was jetzt am besten zu tun sei, klopfte es unter der Erde und der Mann erschrak fast zu Tode.
„Helfen Sie mir endlich!" schrie Thomas und sofort wurde auch der Gärtner aktiv.

Kathrin war sicher, dass jemand über ihr war. Sie konnte es hören und sofort schöpfte Sie wieder Hoffnung. Immer wieder klopfte Sie gegen den Holzdeckel über sich. Sehnsüchtig erwartete Sie den ersten Lichtstrahl, welcher tatsächlich nicht lange auf sich warten ließ. Es krachte plötzlich und der Deckel über ihr geriet in Bewegung. Sofort saugte Sie das erlösende Licht auf, aber auch die frische Luft, die Sie in ihrer Panik völlig vergessen hatte. Der Deckel verschwand blitzschnell und ein fremder Mann, mit einem besorgten Gesichtsausdruck, beugte sich über Kathrin und für einen Augenblick war ihr doch tatsächlich so, als würde Sie Gott erblicken.

Tagebucheintrag, 31. Oktober 2012
Meine Bekanntschaft mit Kathrin Seaman

Herr, ich weiß nicht was Du vorhast, doch sollten in mir tatsächlich Zweifel an dir aufkeimen, so hast Du sie gerade erstickt. Wer, außer dir, wäre schon zu einem Wunder wie diesem imstande. Kathrin Seaman lebt wieder. Aber warum? Etwa weil ich von ihr träumte? Oder weil ich mir ihre Existenz so sehr herbeisehnte? Sie sagte mir, Sie würde mein Gesicht niemals vergessen. Das Gesicht ihres Retters, des Mannes, der ihr ein zweites Leben schenkte und ich saugte ihre Dankbarkeit auf wie ein ausgetrockneter Schwamm das Wasser. Seit ich Kathrin vor zwei Nächten im Schlaf sah, ließ Sie mich einfach nicht mehr los und jetzt stand Sie tatsächlich leibhaftig vor mir, genau so wunderschön wie in meinem Traum. Sie erzählte, Rufus Chrommick habe Sie hierher gebracht, aber sie wusste nicht wie, doch gab es angeblich einen Grund. Kathrin sollte ihren Mann, Robert Seaman, überreden in ihre Welt zurückzukehren. Deutlich sah ich das Glitzern in ihren Augen, als Sie über Seaman sprach. Sie liebte ihn und wieder stellte sich mir die Frage, Herr, was Du eigentlich mit mir im Schilde führst, treibst du mich doch geradewegs in die Arme dieser wunderschönen Frau, nur damit °ich° Sie ihrem Mann wieder näher bringen soll? Natürlich weißt Du, dass ich es tun werde, auch wenn es mir die Seele verbrennt, doch mache ich mir langsam ernsthafte Gedanken darüber, ob ich künftig noch mit dir reden soll.

Aber heute mache ich noch einmal eine Ausnahme, denn zu mysteriös sind die Ereignisse, als dass ich sie einfach so für mich behalten könnte. Kathrin berichtete mir von einem Rufus Chrommick, den ich so nicht kennengelernt hatte. Auch passte die Beschreibung ihres Mannes, einem tiefgläubigen Christ der sein Leben für dich ließ, ganz und gar nicht zu dem Robert Seaman den ich erlebte. Übrigens, eine Tatsache die mich wieder hoffen ließ. Ihre

Beschreibung Chrommicks passte eindeutig auf den, der in Seamans Büro ihr Bild in Händen hielt, aber was hatte er vor? Längst war uns klar, dass der Chrommick aus Kathrins Welt etwas im Schilde führte, aber warum wollte er Kathrin töten und was war aus dem Rufus Chrommick dieser Welt geworden? Lediglich eine Tatsache konnten wir konkret analysieren, nämlich dass der Robert Seaman dieser Welt nicht Kathrins Ehemann war. Chrommick hatte Sie belogen und ich glaubte somit wieder am Start zu sein. Als Sie jedoch unverhofft ansprach den Robert Seaman dieser Welt kennenlernen zu wollen, schwand meine Hoffnung erneut.

Eine fremde Welt

Rufus Chrommick stürmte das Büro Seamans mit der Absicht blanker Zerstörungswut. Seaman wäre es vermutlich lieber gewesen er hätte ihn vor Publikum angegriffen, denn dann hätten ihn alle für verrückt gehalten. Eine Genugtuung die Chrommick ihm nicht gönnte, doch seine Wut war einfach zu groß um gar nicht zu handeln. Mit wutverzerrtem Gesicht sah er sich um. Irgendwo musste er anfangen. Er musste Seaman für dessen Blasphemie bestrafen. Sein Blick blieb an einem Regal kleben, auf welchem Seaman fein säuberlich Ehrungen und Preise aneinanderreihte. Chrommick stürmte darauf zu und fegte das Regal mit einem Wisch leer. Jetzt sollte der Schreibtisch dran glauben. Blitzschnell schoss er herum und hielt erschrocken inne. Zu seiner Überraschung blickte er durch eine Glasscheibe hindurch in einen ihm völlig unbekannten Raum.
„Was ..."
Mehr gaben seine Lippen nicht preis, zweifelte Chrommick doch gerade massiv an seinem Verstand. Was war geschehen? Wo war er? Wie kam er so plötzlich hierher? Er stand in einer Art Glasglocke, welche zum Glück mit einem Ausgang versehen war. Erschrocken sprang er hinaus und sah sich ängstlich um. Er betrachtete die Glasglocke und die altmodisch wirkenden Apparaturen daneben. Er sah die Knochen und den Schädel, zu einem Häufchen zusammengekehrt, und erschrak fast zu Tode. Hektisch schaute sich Chrommick weiter um, betrachtete die Möbel, die Tapete, die Bilder und alles erinnerte ihn, altmodisch wie es war, an seine Kindheit. Chrommick fiel es schwer seine Gedanken zu ordnen, doch blieb ihm ohnehin keine Zeit dazu, denn draußen wurde es plötzlich laut. Der Professor ging hastig zum Fenster und sah zwei seltsame, schwarz-weise Kastenfahrzeuge vorfahren. Auf ihren Dächern blinkten rote Zappler, deren hektisches Licht von

schrillen, fast schmerzhaften Sirenen begleitet wurde. Chrommick versuchte den Sinn der übergroßen goldenen Kreuze auf den Schiebetüren der Fahrzeuge zu deuten, doch blieb ihm nicht genügend Zeit dazu, denn fast zeitgleich öffneten sie sich und furchterregende Gestalten mit Schutzschilden und schwarzen Gummiknüppeln stürmten aus dem Inneren der Fahrzeuge. Dem Professor wurde immer unwohler und dieser unangenehme Zustand erreichte seinen Höhepunkt, als das ominöse Einsatzkommando sich ausgerechnet den Raum als Ziel aussuchte, in dem sich Rufus Chrommick aufhielt. Mit roher Gewalt versuchten sie die Tür aufzubrechen. Chrommick stand wie angewurzelt da und war sich absolut sicher, dass es schlimmer nicht mehr kommen könne, als der Alptraum schließlich seinen Zenit erreichte. Eine alles andere als vertrauenerweckende Stimme rief entschlossen:
„Öffnen Sie die Tür, Rufus Chrommick! Wir wissen dass Sie da drin sind! Seien Sie vernünftig und kommen Sie raus!"
Sätze, die den Professor wie ein Donnerschlag trafen. Wo war er und was hatte er eigentlich verbrochen? Chrommick sah sich hektisch um. Er entdeckte eine Tür und rannte instinktiv darauf zu. Er öffnete sie und erblickte ein großes Fenster. Ohne nachzudenken steuerte er es an und riss es auf. Er kletterte hastig über die Fensterbank und schlich zur Hauptstraße, wo er linker Hand diese seltsamen Fahrzeuge sehen konnte. Irgendwie glichen sie Streifenwagen, aber was bedeutete dieses goldene Kreuz auf der Seite? Chrommick sah sich vorsichtig um. Die Streifenwagen wurden von vier durchtrainierten Männern in schwarzen Overalls bewacht. Auf ihren Brustkörben prangte ebenfalls ein goldenes Kreuz, überdimensional groß, so dass man es schon von weitem erkennen konnte. Der Professor beschloss in entgegengesetzter Richtung zu verschwinden. Wo immer ihn der Weg hinführen würde, Hauptsache weg von hier. Weg von diesen Irren. Er passte einen günstigen

Moment ab, dann ging er es an und versuchte sich so unauffällig wie möglich davonzustehlen. Es war nicht einfach, unauffällig zu bleiben, beschleunigte die Angst doch ungewollt seine Beine. Sein Verstand versuchte das Problem zu lösen, doch die Angst war bockig und ihm wurde mehr und mehr bewusst, dass er sich immer auffälliger benahm. Noch zehn Meter bis zur Kreuzung, dann könnte er aufatmen. Chrommicks Nerven flatterten am Limit. Nur noch zwei Meter lagen vor ihm, dann würde er endlich abbiegen und wäre außer Sichtweite, doch abrupt nahm ihm das schrille Kreischen einer Trillerpfeife alle Hoffnungen. Er wusste ganz genau, dass es ihm galt, drehte sich um und sah diese Monster in ihren schwarzen Overalls auf sich zustürmen. Sofort rannte er los und stellte erstaunt fest, wie schnell er eigentlich laufen konnte. Die Straße war sehr lang und kerzengerade. Keine gute Voraussetzung. Er musste eine Seitengasse finden, etwas wo er sich verstecken konnte. Chrommick rannte und hielt gleichzeitig die Augen offen. Er musste schnell etwas finden, denn gleich würden sie um die Ecke biegen und dann hätten sie ihn ständig im Auge. Da ein Hoftor. Sofort huschte er hindurch und sah rechts eine Steintreppe. Er rannte um sie herum und verkroch sich, still betend, in der hintersten Ecke. Sehr lange saß er dort, auch noch, nachdem die Männer in ihren schwarzen Overalls längst an seinem Versteck vorbeigerannt waren. Nach einer gefühlten Ewigkeit hörte Chrommick Schritte, wagte es aber nicht ihren Ursprung zu ergründen. Die Schritte kamen näher und sie kamen offensichtlich auf ihn zu. Ängstlich hielt er seinen Kopf gesenkt und betete, als ihn plötzlich ein Schatten einhüllte. Vorsichtig hob er sein Haupt und blickte auf einen Mann in zerlumpten Klamotten. Der grinste Chrommick mit einem schielenden Auge an und fragte neugierig, „Ärger mit dem Pönitentiar?"

Der Professor zögerte, fragte dann, „Welche Bedeutung hat dieses Wort hier?"

Der Zerzauste verdrehte verwirrt den Kopf und antwortete.
„Sie sorgen für Ordnung, ja, und sie sind wirklich gründlich. Wir mögen sie hier nicht allzu sehr, also hast Du nun Ärger mit ihnen, dann komm mit mir, ansonsten verschwinde von hier."
Chrommick musterte den Knaben misstrauisch und fragte, „Wo gehen wir hin?"
Der Zottelige grinste freundlich.
„Du siehst aus als könntest du etwas zu essen und zu trinken vertragen, also komm schon mit, mein Freund."
Chrommick stand auf und glaubte gerade hunderte Fragen zu haben.
„Ich habe ganz offensichtlich mein Gedächtnis verloren und diese Männer vom Pönitentiar, wie ihr es nennt, jagen mich, aber ich habe keine Ahnung wieso. Auch weiß ich nicht wo ich bin und wie ich hierher kam. Können Sie mir denn weiterhelfen?"
Der Zottelige sah Chrommick verwundert an.
„°Sie°, wie höflich. Schon lange hat mich keiner mehr mit °Sie° angesprochen. Du kannst mich Oscar nennen und was deine Fragen angeht, so vergiss sie am besten gleich wieder, so wie Du dein Leben davor vergessen hast. Du wirst hier keine Antworten brauchen."
„Aber wieso nicht?" wollte Chrommick wissen.
„Weil man dir alle Antworten vorgibt. Denken ist hier nicht erwünscht."
Chrommick blieb geschockt stehen.
„Wer sagt denn so etwas? Du etwa?"
„Nicht ich. Gott sagt so etwas, oder zumindest die, die ihm so innig dienen."
Rufus Chrommick entsetzten Oscars Worte zutiefst.
„Wie können Sie … wie kannst Du nur so etwas sagen? Gott würde uns niemals das Denken verbieten. Woher hätten wir sonst alle diese technischen Errungenschaften?"
Oscar sah sich suchend um, fragte dann, „Die Häuser etwa? Oder sollte ich eher sagen; die Ruinen?" er hob den

Zeigefinger und seine Augenbrauen an, „oder meinst Du vielleicht die prunkvollen Kathedralen und die mächtigen Pönitiare? Oder etwa all die goldenen Wahrzeichen der Kirche, welche die öffentlichen Plätze zieren, bezahlt mit den leeren Mägen des Volkes? Sind das in deinen Augen etwa technische Errungenschaften?"
Chrommick schüttelte den Kopf. „Aber nein, ich rede von den Fortschritten in der Medizin und der Raumfahrt zum Beispiel."
„Ich habe keine Ahnung was Du mit Raumfahrt meinst, aber unsere Medizin kann ich dir gerne zeigen. Sie befindet sich dort vorne in diesem kleinen Holzkasten an der Wand. Nur einer hat den Schlüssel, damit nichts verschwendet wird, denn die kirchliche Versorgungsstation verlangt verdammt viel Geld für Salbe und Verbandszeug."
„Die Kirche nimmt Geld von euch? Entschuldige wenn ich so direkt bin, Oscar, aber hier sieht es wirklich nicht aus als hättet ihr Geld."
„So ist es." Oscar blickte Chrommick fragend an, „Wie war doch gleich dein Name?"
„Entschuldigung. Ich heiße Rufus Chrommick"
„Ja, genau, Rufus. Geld gibt es hier tatsächlich keins. Wir sind stets auf die Gnade der Kirche angewiesen, doch auch die lässt sich °ihre Gnade° teuer bezahlen."
Chrommick war nun vollends verwirrt.
„Sag mir bitte wo ich bin, Oscar. Sag mir in welcher Stadt ich bin."
„Du bist in St. Chrishen." antwortete Oscar bereitwillig.
„St. Chrishen? Ich kenne kein St. Chrishen."
„Wo kommst Du her?" fragte Oscar und Rufus antwortete „Aus Chrishendale." und plötzlich dämmerte es ihm. „Großer Gott." rief er, fast atemlos vor Erschütterung, „das ist unmöglich."
Oscar sah ihn verwirrt an.
„Wovon redest Du?"
„Von Parallelwelten." antwortete Rufus. „Robert Seaman

hat es offensichtlich irgendwie geschafft mich in eine zu befördern."
Oscar stutzte. „Robert Seaman? Seaman ist tot."
Chrommick wurde hellhörig.
„Tot?"
„Ja, er starb vor vier Tagen an einer schweren Krankheit. Mehr wissen wir auch nicht, denn die Kirche geizt auch mit Informationen."
„Robert Seaman" klärte Rufus Oscar auf, „ist noch nie ein Freund der Kirche gewesen."
„Tatsächlich?" erwiderte der überrascht, „Aber das würde ja ganz neue Perspektiven aufzeigen, was sein plötzliches Ableben angeht. Robert Seaman stand schließlich im Dienst der Kirche. Er galt als tiefgläubig. Wäre das alles nur Fassade gewesen, dürfte ihn der Zorn Gottes schwer getroffen haben. Er wäre ja beileibe nicht das erste Opfer kirchlicher Willkür."
„Kirchlicher Willkür?" hinterfragte Chrommick sichtlich verwundert. „Welche Aufgabe hat die Kirche hier eigentlich?"
Oscar blieb stehen und antwortete ernst, „Sie regiert uns." Er sah sich um, näherte sich Rufus und flüsterte unter vorgehaltener Hand, „ Aber eigentlich unterdrückt sie uns."
Chrommick war zutiefst entsetzt. Jetzt wurde ihm auch klar, was die Kreuze auf den Fahrzeugen und den Overalls der Männer zu bedeuten hatten. Sie waren tatsächlich Polizisten. Polizisten der Kirche und sie suchten ihn. Aber wieso? Hatte es etwas mit dieser seltsamen Maschine zu tun? Hatte sie ihn etwa hierher gebracht? Wenn ja, müsste es noch einen zweiten Rufus Chrommick geben. Einen der sich in diesem Augenblick in seiner Welt aufhielt. Der Gedanke ließ ihn erschaudern.
„Gibt es hier irgendjemanden, der etwas über Robert Seaman weiß?" wollte Chrommick wissen und Oscar nickte.
„Ja. Lydia. Sie weiß sogar ziemlich viel über ihn. Nicht

etwa wegen seines Glaubens, sondern wegen seines scharfen Verstandes. Ich werde Sie dir vorstellen."
Sie gingen durch die Vorhalle eines verwahrlosten Gebäudes, welches durchweg behaust wurde. Überall lungerten Grüppchen herum, offenbar Familien. Sie kochten Essen über kleinen Blechbehältern, in denen Feuer brannte. Manche lagen auf alten, zerrissenen Matratzen und versuchten sich mit Zeitungen zu wärmen. Andere hatten mehr Glück. Sie hatten Decken.
„Was sind das für Menschen? Haben Sie denn kein Zuhause?"
Oscar sah Rufus überrascht an.
„Das hier ist ihr Zuhause."
Wieder war Chrommick entsetzt und Oscar fuhr fort.
„Sie Arbeiten in den Bergwerken, dafür lässt sie die Kirche hier wohnen."
„Nur hier wohnen? Was bekommen sie denn sonst noch?"
„Hundert Taler als Monatslohn, aber das reicht gerade einmal eine Woche."
Chrommick blieb stehen.
„Wieso lasst ihr euch das Gefallen?"
Oscar blieb ebenfalls stehen und sah sich um.
„Wer sollte es denn deiner Meinung nach ändern?"
Rufus zögerte, antwortete dann, „Ihr müsst es ändern. Ihr alle. Ihr müsst es nur wollen."
Oscar lächelte verständnisvoll. „Komm jetzt, Lydia ist dort vorne." Er deutete auf einen Tisch, an welchem eine junge Frau mit langen braunen Haaren und ein alter Mann mit grauem Zottelbart saßen. Schon als sie auf die beiden zugingen, traf Rufus Chrommick die ganze Aufmerksamkeit der jungen Frau und je näher er ihr kam, desto mehr wurde ihm bewusst, dass ihn diese Frau kannte. Als sie den Tisch erreichten sah Sie ihn mit großen Augen an und sagte ehrfürchtig, „Rufus Chrommick, der Assistent von Robert Seaman."
Chrommick fiel gerade auf, dass er diese Welt immer

weniger mochte, oder hatte er sich vielleicht doch nur verhört?

„Robert Seamans Assistent? Ich? Aber nein, niemals!"

„Aber natürlich" bestand die junge Frau darauf, „Sie können sich gar nicht vorstellen, wie viele Jahre ich Robert Seamans Arbeiten schon verfolge - so gut es geht jedenfalls, denn Sie wissen ja selbst, dass es nicht einfach ist auf legalem Wege an brauchbare Informationen über kirchliche Wissenschaften heranzukommen. Sie, Mr. Chrommick, waren stets sein Begleiter. Ich vergesse nie ein Gesicht."

„Seaman ist kein Mann der Kirche, er ist ausschließlich Wissenschaftler." betonte Chrommick und während Lydia seinen Worten interessiert lauschte, antwortete der alte Mann, „Wen interessiert das noch? Robert Seaman ist tot und das Volk braucht doch ohnehin kein Wissen."

„Aber was braucht das Volk sonst?" fragte Chrommick erschüttert.

„Jemanden der es führt." antwortete der alte Mann trotzig. „Gott gab uns die zehn Gebote. Sie weisen uns den Weg. Die Kirche sorgt dafür, dass wir uns daran halten. So hat alles seine Ordnung. Sehen Sie das etwa anders, Mr. Chrommick?"

„Ich sehe das absolut anders. Mein Gott, bin ich denn der einzige hier der das anders sieht?"

Oscar senkte sein Haupt und nuschelte, „Gewiss nicht."

Lydia und der alte Mann musterten Chrommick eine Weile nachdenklich. Schließlich meinte Lydia, „Warum setzen Sie sich nicht zu uns?"

Rufus zögerte einen Augenblick, antwortete dann,

„Ja, warum nicht."

„Warum sind Sie hier, Mr. Chrommick. Das hier ist nicht ihr Milieu?"

„Nun, sagen wir einmal ich bin überhaupt nicht von hier, aber das werden Sie vermutlich nicht verstehen."

„Erklären Sie es uns, Mr. Chrommick."

Rufus dachte kurz nach, fragte dann, „Was wisst ihr eigentlich über das Universum?" Lydia antwortete, „Nun, es ist der Raum der unsere Erde umgibt und hinter seinen Grenzen wohnt Gott."
Chrommick wirkte nachdenklich.
„Was ist mit dem Mond?"
„Er umkreist die Erde, genau wie die Sonne es tut."
Jetzt reichte es. Rufus Chrommick ertrug dieses Ausmaß an Unwissenheit keine Sekunde länger. Es hallte durch den ganzen Saal, als er mit der flachen Hand auf den Tisch schlug und sofort richtete sich die Aufmerksamkeit aller im Raum auf ihn. Der Professor stand auf und schrie, „Ihr wisst gar nichts! Ihr lasst eure Gehirne sterben!" Er drehte sich um und richtete sich an alle, „All diese Wunder dort draußen warten nur darauf von euch entdeckt zu werden und was tut ihr? Ihr verkümmert! Tagtäglich lasst ihr euch gängeln von einem Apparat, der vorgibt im Namen Gottes zu handeln!"
Die Aufmerksamkeit aller war Chrommick nun gewiss. Einige traten gar neugierig an ihn heran und Oscar lächelte zufrieden, sprach doch endlich jemand aus was ihn selbst schon so lange bedrückte.
„Es ist nicht Gott, der euch verbietet zu lernen, euch verbietet die Wunder der Natur zu entdecken! Nein, es ist die Kirche die es euch verbietet! Sie hält euch klein, weil sie Angst vor euch hat! Weil sie ihre gewaltige Macht verlöre, würde es euch besser gehen! Weil sie die Macht eures freien Geistes zu spüren bekäme, würde sie euch gewähren lassen! °Deshalb° hält euch die Kirche klein! Dort wo ich herkomme, gibt es ein Gleichgewicht zwischen dem Glauben an Gott und der Wissenschaft! Wir erforschen wundervolle Dinge und jeder, ja absolut jeder, kann daran gleichermaßen teilhaben! Viele dieser wissenschaftlichen Errungenschaften erleichtern uns das Leben, lassen uns zum Beispiel Naturkatastrophen vorhersagen, die ihr vermutlich für Gottes Werk haltet. Auch können wir

Phänomene erklären, deren Existenz, auch bei uns, einst ausschließlich Gott zu verantworten hatte und obwohl wir alle diese Dinge wissen, war es letztendlich doch immer Gott, der uns Menschen den notwendigen Halt gab und unser Leben in der rechten Bahn hielt. Wir alle brauchen einen Gott und aus diesem Grunde werde auch ich zu keinem Zeitpunkt die Zehn Gebote anzweifeln und mich stets an ihnen orientieren …" und jetzt sagte Rufus Chrommick jene Worte, die er in seiner eigenen Welt vermutlich niemals über die Lippen gebracht hätte. „…doch werde ich niemals zulassen, dass sie mein Leben bestimmen in einer Art und Weise, die kein lebenswertes und freies Dasein mehr zulässt." Chrommick hielt nachdenklich inne, fuhr dann fort, „Dort wo ich herkomme führen wir Diskussionen über das Universum und stellen uns sogar zuweilen die Frage ob Gott es schuf, oder ob es sich selbst erschaffen hat." Chrommick machte erneut eine kurze Pause. „Ja, einige zweifeln zuweilen sogar, ob es einen Sinn hat an Gott zu glauben, aber ich sage euch, es hat einen Sinn, denn wer, außer Gott, könnte schon die Moral in uns aufrechterhalten? Wer sonst könnte für ein friedliches Miteinander der Menschen sorgen, wenn nicht ein Gott? Schon seit jeher vertrauten sich die Menschen höheren Wesen an und überwanden so ihre Ängste vor banalen Dingen, wie Stürmen, oder einer Sonnenfinsternis. Aber auch wenn es um schwerwiegenderes ging, wie den Tod, bot uns Gott stets eine Alternative, weil wir wussten, dass wir bei ihm Unterschlupf finden." Er kehrte kurz in sich, dann sah er sich kämpferisch um und rief, so laut als solle es die ganze Welt hören, „Die Sonne hat ihren Platz im Zentrum unseres Sonnensystems! Die Erde kreist als dritter, von insgesamt acht Planeten, um die Sonne und sie braucht dazu genau ein Jahr, also 365 Tage! Die Sonne selbst kreist, gemeinsam mit zweihundert Milliarden weiteren Sonnen, um das Zentrum einer Galaxie, die wir Milchstraße nennen und doch ist auch diese Galaxie nur

eine unter Milliarden weiterer Galaxien im Universum! Alles was ich gerade sagte ist die Wahrheit, ich schwöre es! Glaubt mir, es gibt noch vieles mehr zu entdecken, dort draußen, aber auch hier, auf eurem Heimatplaneten! Die Kirche belügt euch! Sie meint es nicht gut mit euch, nein, sie beutet euch aus! Diese Leute haben keinen Gott, denn Gott würde niemals zulassen, was euch allen hier widerfährt und deshalb sage ich euch hier und jetzt und im Namen Gottes: Steht endlich auf und tut etwas! Steht auf und wehrt euch gegen das barbarische Treiben einer Gruppe von Verbrechern, die den Namen des Herrn benutzen, um euch auszubeuten! Wehrt euch und lernt endlich eure Welt, und auch euren Gott kennen! Lernt ihn kennen, so wie er wirklich ist! Er wartet schon viel zu lange auf euch!"
Rufus Chrommick blickte in interessierte Gesichter und die ersten nickten bereits euphorisch. Er sah Lydia, den alten Mann und Oscar an und sie alle nickten ihm bestätigend, ja dankbar zu und Rufus Chrommick wurde schlagartig bewusst, dass er gerade etwas wirklich großes bewirkte. Er lächelte glücklich und wendete sich wieder der Menge zu, als er plötzlich einen Stich am Hals verspürte und ihm schwarz vor Augen wurde.

Im Büro von Robert Seaman

Seaman war bestens gelaunt, denn sein Vortrag war ein voller Erfolg. Egal ob Presse, Geldgeber oder Regierungsleute, sie alle waren hellauf begeistert von dem Genie Robert Seaman und seiner genialen Arbeit. So viel Bewunderung auf einmal machte ganz schön müde, deshalb beschloss Robert heute etwas früher nach Hause zu fahren. Seine Wagenschlüssel lagen in seinem Büro, also machte Robert sich auf den Weg dort hin, betrat es und ließ die Tür, wie immer, hinter sich ins Schloss fallen. Die Tür war bereits geschlossen, als Robert ein leises schnappen vernahm. Ein Geräusch das ihm durchaus vertraut war, denn es handelte sich um einen ferngesteuerten Türschließer, den er selbst gebastelt und installiert hatte. Doch wer bediente ihn gerade? Erschrocken blickte er zu seinem Schreibtisch und zu seinem allergrößten Erstaunen saß dort Rufus Chrommick in seinem Stuhl. Seine Füße lagen entspannt auf dem Tisch, in der linken Hand hielt er den Türschließer, in seinem Mund qualmte eine von Roberts teuren Zigarren und in der rechten Hand hielt er ein in Elfenbein gerahmtes Bild von Roberts Eltern, welches er als Aschenbecher zweckentfremdete.
„Schönes Spielzeug." meinte Chrommick, in Bezug auf den Türschließer. „Warum ist mir so etwas nie eingefallen?"
Robert sprangen seine Preise und Ehrungen ins Auge, welche sich über den ganzen Boden verteilten.
„Sind Sie denn jetzt völlig übergeschnappt, Chrommick? Was haben Sie sich nur dabei gedacht?"
Chrommick verzog gelangweilt das Gesicht. „Oh, das war ich nicht. Das war der andere Chrommick."
Seaman kochte. „Der andere Chrommick? Das reicht. Ich werde die Polizei rufen."
Chrommick wedelte gelangweilt mit der linken Hand. „Nur zu, nur zu."
Seaman griff nach dem Hörer. Während er wählte,

versuchte er Chrommick mit wütenden Blicken aus der Fassung zu bringen, doch der blieb gelassen und zog provokant-genüsslich an seiner Zigarre.
„Das Telefon funktioniert nicht." stellte Robert überrascht fest. Chrommick blickte Seaman an, als wäre ihm gerade ein Licht aufgegangen und meinte, „Benutzen Sie doch ihr Handy." „Natürlich." flüsterte Robert, zögerte dann aber misstrauisch, weil Chrommick ihn so selbstgefällig darauf hinwies? „Nur zu." ermutigte ihn Rufus erneut, woraufhin Robert sein Handy langsam aus der Hosentasche zog und, ohne Chrommick aus den Augen zu lassen, den Notruf wählte. Doch es gab keine Verbindung. Fragend blickte er Chrommick an, der verständnisvoll lächelte und meinte, „Ich werde es ihnen irgendwann einmal erklären, Robert."
Robert wurde sein gegenüber langsam unheimlich.
„Was wollen Sie eigentlich? Sich an mir rächen, weil ich die Wahrheit herausgefunden habe?"
„Aber nein, Robert, ganz im Gegenteil. Ich bin hier um mich bei ihnen zu bedanken, denn erst durch Sie habe ich das wahre Wesen der Welt erkannt."
Seaman hatte keine Ahnung wovon Chrommick sprach.
„Ich verstehe nicht."
Chrommick grinste selbstgefällig.
„Sie sind ein kluger Kopf, Robert. Sie werden es verstehen. Zuerst aber möchte ich ihnen etwas über Rufus Chrommick erzählen. Ich bin sicher es wird Sie interessieren. Der kleine Rufus wuchs in einer Welt auf, die von Gott regiert wird und obwohl er nie an dieses seltsame Wesen glaubte - schließlich war es ja auch nie da wenn man es brauchte - musste er sich doch immer und immer wieder mit ihm auseinandersetzen. Ja, die Gemeinschaft wollte es so. Der kleine Rufus war kein guter Schüler. Er hatte kein Interesse an all dem Gott Geschwafel, und so kam es, dass er nach der Schule als Handlanger in die Wissenschaften abgeschoben wurde. In seinen Kreisen eine Demütigung, doch ihm kam es zugute, denn Rufus hatte eine Gabe. Er

konnte sich alles was er sah fotografisch genau merken. Abläufe, Handgriffe, Zahlen, einfach alles. Er hatte auch geschickte Hände und so kam es, dass dieser geschickte Bursche eines Tages an den berühmten Robert Seaman verwiesen wurde."
„Was reden Sie da" unterbrach ihn Robert „Sie waren noch nie geschickt mit den Fingern, außerdem haben Sie Astronomie studiert, da braucht man einen gewissen Durchschnitt, also was soll das Gefasel? Wollen Sie mir etwa gerade eine Urkundenfälschung beichten?"
Chrommick stand auf und ging um den Schreibtisch herum. Er begab sich unmittelbar vor Seaman und schaute ihm tief in die Augen.
„Wir reden hier nicht über °ihren° Rufus Chrommick. Der war bestimmt ein glücklicher Mensch, bevor Sie in sein Leben traten und es systematisch zerstörten." Chrommick legte ein teuflisches Grinsen auf, dann fuhr er fort, „Aber Sie müssen sich deswegen keine Vorwürfe machen, Robert, denn °ich° war letztendlich derjenige, der ihn direkt in die Hölle schickte."
Robert wurde die Situation immer unheimlicher. „Was geht hier eigentlich vor?" fragte er vorsichtig, woraufhin Chrommick selbstgefällig grinste und meinte, „Wo waren wir doch gleich stehen geblieben? Ach ja. Rufus fand in Robert Seaman tatsächlich seinen Lehrmeister. Nicht etwa weil Robert Seaman ihm etwas beigebracht hätte, oh nein, er gab seine Geheimnisse nie preis. Nur weil sich Rufus alles merkte und sich jeden Ablauf genau einprägte, trug er tatsächlich irgendwann das Wissen seines Meisters in sich. Natürlich behielt er dieses kleine Geheimnis für sich …"
Chrommick trat noch näher an Seaman heran und blickte ihm tief in die Augen. „ … und das aus gutem Grund, denn Robert Seaman behandelte Rufus wie den letzten Dreck, genau wie auch Sie Rufus Chrommick wie den letzten Dreck behandeln. Vermutlich spürte er ja Rufus Ablehnung gegenüber der Götze, die unser aller Leben bestimmt und

uns unsere Freiheit stiehlt. Freiheit die uns zusteht, denn sie ist tief in uns verwurzelt und dazu da gelebt zu werden. Robert Seaman sah das anders. Sein Leben gehörte ausschließlich Gott, was für ihn ja auch einfach war, genoss er schließlich alle Privilegien eines verdienten Wissenschaftlers, während der dumme Handlanger mit einem Zimmer ohne Heizung auskommen musste. Im Gegensatz zu mir, hatte Robert Seaman wirklich keinen Grund nicht an Gott zu glauben, denn der meinte es ja stets gut mit ihm. Seaman war eben der beste und so kam es, dass die Kirche ihn eines Tages mit einer fast unlösbaren Aufgabe betraute. Dem Transport von Menschen über größtmögliche Distanzen in nur wenigen Sekunden. Doch Seaman wäre nicht Seaman, hätte ihn das auch nur im geringsten beeindruckt. Sie wissen natürlich wovon ich rede, denn Sie besitzen denselben übermenschlichen Ehrgeiz. Im Zuge seiner Forschung fand er heraus, dass Elementarteilchen über große Entfernungen miteinander verbunden sind, ja sogar ohne Zeitverzögerung miteinander agieren. Er erforschte dieses, für ihn sehr wertvolle, Phänomen und entwickelte eine Methode es sinnvoll zu nutzen. Schon bald gelang ihm der Austausch kleinerer Gegenstände, doch wusste er nie woher die anderen Gegenstände kamen. Es war wirklich spannend, denn schickte er einen Ball, wusste man nie was zurückkommen würde. Manchmal war es einfach nur Dreck, dann ein Stück Holz, einmal gar Knochen und ob Sie es glauben oder nicht, kam doch tatsächlich einmal ein Ball zurück. Die Farbe stimmte nicht überein und trotzdem war es wie ein Gewinn in euren Lotteriespielen. Ich weiche vom Thema ab. Seaman war natürlich klar, dass er die Herkunft dieser Materie, und somit die Zielorte, finden musste, doch erwies sich dieses Unterfangen als großes Problem, denn diese Orte existierten in unserer Welt offensichtlich nicht. Nach langen Überlegungen und intensiver Forschung stieß Seaman schließlich auf etwas, was er °Gravitationswelle°

nannte. Mit ihrer Hilfe, so glaubte er, könne er die Ursprungsorte lokalisieren. Es ging ihm längst nicht mehr um das Transportieren von Gegenständen, vielmehr wollte er in Erfahrung bringen wohin diese Dinge verschwanden und welche Rolle dieses, von ihm entdeckte, Phänomen der Quantenverschränkung in der Natur spielte. Seaman gab wirklich alles, scheiterte aber immer wieder, bis schließlich der andere Robert Seaman ins Spiel kam. Sie."
Robert war nicht sicher wie er sich verhalten sollte, denn ihm war längst klar, dass dieser Rufus Chrommick nicht derselbe Chrommick war den er kannte. Dieser Rufus Chrommick schien wahnsinnig zu sein.
„Ich?" fragte Robert unsicher.
„Ja, Sie." antwortete Rufus.
Chrommick drehte sich um und ging zum Schreibtisch zurück, woraufhin Seaman erleichtert durchatmete. Er war froh wieder Abstand zu haben, denn er hasste es bedrängt zu werden. Chrommick machte es sich auf Roberts Sessel bequem und fuhr fort.
„Sie entwickelten, ebenfalls mit Hilfe von Gravitationswellen, eine Methode andere Universen ausfindig zu machen. Sie sendeten Signalwellen aus und er fing Sie auf. Er speicherte die Frequenz ab und konnte so jederzeit darauf zurückgreifen. Im Gegensatz zu ihrer bescheidenen Technik konnte der Robert Seaman aus meiner Welt Sie beobachten, ja, und ich konnte es auch. Robert Seaman war dermaßen erschüttert über diese Gottlose Welt und sein noch viel gottloseres Pendant, dass er spontan beschloss das Experiment zu beenden und für seine Entdeckung Buße zu tun. Nun, was soll ich sagen, die Kirche hat wieder einmal ganze Arbeit geleistet. Zum Glück wusste sie nicht über mein herausragendes Gedächtnis Bescheid, denn sonst wäre ich heute nicht hier, um mir den Fahrschein abzuholen. Den Fahrschein zu all den Welten, die ich besuchen werde und in denen ich fortan tun und lassen kann was ich will. Niemand wird mich

aufhalten können, denn ich werde sowieso nie lange bleiben. Das perfekte Leben, und Sie, Robert Seaman, haben mir den Weg gewiesen und wissen Sie auch warum?"
Robert schüttelte zaghaft den Kopf. „Weil Sie mich endgültig davon überzeugt haben, dass Gott nicht existiert und eine Welt ohne Gott, bringt auch zwangsläufig keine Bestrafung nach dem Tode mit sich. Worauf muss ich also noch Rücksicht nehmen? Sagen Sie es mir."
„Was werden Sie tun?" wollte Robert wissen und Chrommick antwortete prompt.
„Oh, genaugenommen zwei Dinge. Erstens: Ihren Sender holen, dafür benötige ich jedoch ihre Hilfe, denn er befindet sich in ihrem Labor. Zweitens: Gemeinsam mit ihrem Sender und meinem kleinen Wunderwerk hier" er präsentierte einen kleinen Kasten, den er aus seiner Jackentasche zog, „umgehend in eine andere Welt verschwinden. Dazu benötige ich Sie allerdings nicht."
„Was bedeutet das?" fragte Robert und Chrommick fing umgehend an zu lachen. Es war ein schrilles, boshaftes Lachen.
„Das bedeutet, mein Lieber, dass ich Sie töten werde, aber keine Angst, ich werde es ganz behutsam tun - vielleicht aber auch nicht."
Robert begriff jetzt erstmals den ernst der Lage und fragte ängstlich, „Was ist mit dem anderen Rufus Chrommick passiert?"
„Oh, ich habe mir vor meiner Abreise erlaubt das Pönitentiar über mich zu informieren. Ich erzählte ihnen, Rufus Chrommick würde gerade Hochverrat begehen. Der Verrat an Gott ist ein Verbrechen, welches unbedingt mit dem Tode, alternativ aber auch mit Folter bestraft werden muss. Wobei die Folter zumeist auch mit dem Tod endet. Ich weiß nicht wie man sich bei mir entschied, doch finde ich es in höchstem Maße anständig von mir, mich selbst angezeigt und geopfert zu haben. Finden Sie nicht auch?"
Robert spannte jeden Muskel seines Körpers an.

„Ich werde auf keinen Fall mit ihnen in mein Labor gehen, das können Sie sich abschminken."
„Sie müssen, sonst werde ich ihnen weh tun, wirklich sehr wehtun."
Robert war auf einen Angriff gefasst.
„Das Risiko gehe ich ein."
Chrommick lächelte eiskalt und im nächsten Augenblick durchfuhr Robert ein stechender Schmerz, welcher in seinem Kopf den Höhepunkt fand.
„Was ist das, zum Teufel!" schrie er gebeutelt.
„Oh, wir nennen es Taser."
Chrommick hielt dem bewegungsunfähigen Seaman etwas unter die Nase, was einem Handy ähnelte.
„Damit kann ich so einiges mit ihnen anstellen, Sie zum Beispiel vor mir niederknien lassen, oder Sie töten, doch werde ich mir die Spielereien für später aufheben, denn zunächst begeben wir uns in ihr Labor."
Er drückte eine Taste, dann bediente er mit dem Daumen einen Miniaturjoystick und sofort setzte sich Seaman in Bewegung. Chrommick kicherte. Er fand es lustig Seaman fernzusteuern.
„Übrigens entwickelte Robert Seaman dieses kleine Wunderwerk, also genaugenommen Sie selbst. Ist das nicht pure Ironie? Sie entwickelten es für die Kirche, zum Schutz gegen die Gottlosen, zu denen Sie ja selbst gehören. Ja, ja, ich könnte mich totlachen."
Chrommick ließ Seaman die Tür öffnen, dann verließen sie den Raum. In der Universität war um diese Zeit nichts mehr los, Chrommick musste sich also keine Gedanken darüber machen gesehen zu werden. Er nutzte die Gelegenheit, um Seaman etwaige Faxen zu entlocken, so ließ er ihn des Öfteren gegen die Wand laufen, oder ihn über seine eigenen Füße stolpern. Er ließ ihn schnell rückwärts laufen und streckte ihm die Zunge raus, bevor er ihn mit dem Hinterkopf gegen die Wand manövrierte. Chrommick hatte wirklich Spaß und er zeigte es deutlich.

„Ach ja, ich liebe mein neues Leben jetzt schon." seufzte er, in höchstem Maße amüsiert und ließ Seaman erneut seinen Kopf gegen die Wand schlagen. Etwa zehn Minuten und unzählige Demütigungen später erreichten sie schließlich Seamans Labor und der schloss, absolut unfreiwillig, auf. Sie betraten den Raum und Chrommick sah sich um.
„Wo ist er?" fragte er ungeduldig, aber Seaman stand starr da und schwieg. Rufus Chrommick lächelte ihn boshaft an, drückte auf den Taser und sofort schrie Robert aus Leibeskräften.
„Im Schrank! Im Geräteschrank! Hören Sie endlich auf damit! Hören Sie auf!"
Chrommick nahm den Finger vom Taser und Seaman stöhnte laut auf, dann sackte er in sich zusammen.
„Geht doch." meinte Chrommick, legte den Taser ab und ging zum Schrank.

Wahrheiten

Kathrin und Thomas verschafften sich durch ein offenes Fenster Zugang zur Uni. Thomas war ja schon einmal hier, daher kannte er den Weg zu Seamans Büro. Sie beeilten sich und erreichten die letzte Biegung gerade in dem Moment, als Seaman, gefolgt von Chrommick, das Büro verließ. Seaman benahm sich seltsam, als stünde er unter Drogen.
„Was hat er?" fragte Thomas leise.
„Das sind die Auswirkungen eines Tasers. Chrommick hält einen in seiner Hand." flüsterte Kathrin.
„Taser?"
„Ja. Man feuert zielgenau einen kleinen Pfeil ab, nicht größer als eine Stecknadel, welcher mit einem Sender versehen ist. Mit der Fernbedienung kann man sein Opfer dann individuell steuern, aber auch genau so individuell quälen. Mein Mann hat es eigens für die Kirche entwickelt. Er war wirklich einfallsreich, wenn es gegen die Atheisten ging."
Thomas blickte Kathrin fragend an. „Wie stand der Robert Seaman ihrer Welt eigentlich zu Gott?"
Kathrin lächelte. „Es ist seltsam, dass Sie mich das fragen, denn genau dieselbe Frage stellte auch ich mir schon so oft. Robert glaubte wirklich an Gott, ging regelmäßig zur Kirche und betete. Er war ein guter Christ. Andererseits erfand er ständig diese furchtbaren Dinge, wobei natürlich auch nützliche Dinge darunter waren, doch die meisten waren einfach nur furchtbar. Waffen für das Pönitentiar, Foltergeräte, um den Atheisten die Wahrheit über ihre staatsfeindlichen Pläne zu entlocken. Robert war kein schlechter Mensch. Ihm gefiel ja selbst nicht, was da passierte, doch war es nun einmal Gottes Wille und deshalb führte er auch stets alle Anweisungen der Kirche aus, ohne sie auch nur ein einziges Mal zu hinterfragen. Er verdrängte es. Sprach ich ihn darauf an, bekam ich stets die gleiche

Antwort: Gott wird schon wissen was er tut."
„Gott würde so etwas nie tun. Ihr Mann hätte es wissen müssen." entgegnete Thomas.
„Ich glaube insgeheim wusste er es auch, aber er hätte es nie zugegeben, denn zu tief war er verwurzelt mit diesem Apparat den wir Kirche nennen und der sich im Laufe der Zeit immer weiter von Gott entfernt hat."
Ihre Blicke richteten sich wieder auf Chrommick und Seaman. Die müssten eigentlich gleich abbiegen, sollte Chrommick sich endlich dazu entschließen Seaman geradeaus laufen zu lassen, statt ständig gegen die Wand.
„Als Robert beschloss den Freitod zu wählen, verstand ich es nicht." fuhr Kathrin fort, „Ich glaubte es sei egoistisch …" „Das war es auch." unterbrach Sie Robert und Kathrin lächelte dankbar. „Als er von uns gegangen war, stürzten so viele Fragen auf mich ein. Fragen über das °Warum°. Ich musste einfach herausfinden wieso er es getan hatte. Chrommick war Roberts engster Vertrauter und so erschien es mir sinnvoll mich mit ihm in Verbindung zu setzen. Jetzt sind wir beide in einer uns fremden Welt und vermutlich wird nur Chrommick seine Antworten finden."
„Wissen Sie" meinte Thomas, „Gott gibt seine Antworten stets auf seine Weise." Sie blickte ihn überrascht an und er fuhr fort, „Wir sollten ihnen wieder folgen. Sie biegen gerade ab."
Kathrin ertrug Chrommicks Umgang mit Robert nur schwer, sah Sie doch seine missliche Lage mit den Augen einer liebenden Ehefrau. Thomas blieb das nicht verborgen, doch hoffte er insgeheim auf ihren Verstand, welcher ihr klar zu verstehen geben würde, dass der Robert Seaman dieser Welt nicht ihr Ehemann war. Natürlich wusste er, dass derartige Gedanken jetzt fehl am Platz waren und er gab sich auch wirklich alle Mühe sie zu unterdrücken, um sich auf das Wesentliche zu konzentrieren, nämlich Kathrin zur Seite zu stehen, egal wie es für ihn enden würde.
„Er hat die Tür offen gelassen." flüsterte Thomas,

„Kommen Sie."
So leise wie möglich eilten Sie zur Labortür. Gerade dort angekommen, hörten sie Seaman aus Leibeskräften schreien: „Im Schrank! Im Geräteschrank! Hören Sie endlich auf damit! Hören Sie auf!"
Für Kathrin war es schwer ihre Wut im Zaum zu halten. Ihre Hände zitterten und tatsächlich zuckte Sie plötzlich nach vorne, so als wolle Sie Chrommick angreifen. Sofort legte Thomas seine Hand auf ihre Schulter und hielt sie sanft fest. Kathrin reagierte mit dem Blick einer wütenden Wölfin und noch während Thomas die daraus resultierende Gänsehaut auf seinem Rücken spürte, machte er Sie mit einem langsamen Kopfschütteln darauf aufmerksam besser den richtigen Zeitpunkt abzuwarten. Kathrin verstand. Sie nickte und doch fiel es ihr sichtlich schwer sich zusammenzureißen.
„Der Taser!" flüsterte Kathrin aufgeregt. „Er hat ihn gerade abgelegt."
Robert nickte. „Ich werde versuchen an ihn ran zukommen."
„Nein" entgegnete Kathrin, „ich weiß wie man ihn bedient. Sie müssen Chrommick irgendwie ablenken, dann greife ich ihn mir. Wenn ich den Taser erst einmal in der Hand halte, hat er keine Chance mehr."
Thomas verstand.
„Also gut, gehen wir es an."
Kathrin streichelte Thomas Schulter.
„Viel Glück."
„Danke." erwiderte Thomas und hatte eigentlich keine Ahnung was er jetzt tun sollte. Er überlegte nicht lange, schlich in den Raum und bewegte sich leise auf Chrommick zu. Der war so fasziniert von seinem neuen Spielzeug, dass er den Pfarrer gar nicht bemerkte. Thomas sah sich um und entdeckte, zu seiner Erleichterung, einen Baseballschläger. Er hing an der Wand, umringt von Fotos, die Robert Seaman in Siegerposen jeder nur erdenklichen Variante

zeigten. Vorsichtig griff Thomas nach dem Schläger und sein Herz drohte stehen zu bleiben, als er ihn lautlos von der Halterung nahm. Leise ging er weiter. Gerade einmal zwei Meter trennten ihn noch von Chrommick und Thomas holte vorsorglich schon einmal aus, als Rufus Chrommick sich plötzlich umdrehte und ihm genau in die Augen blickte. Die Überraschung beider war wohl gleich groß, ging es also nur noch darum, wer jetzt schneller reagieren würde. Der Punkt ging eindeutig an Chrommick, denn blitzschnell sprang er zur Seite und griff nach dem Taser. Thomas reagierte und schlug ihm den kleinen Kasten mit dem Schläger aus der Hand. Acht Augenpaare verfolgten den Weg des Tasers, welcher schließlich unter einem Schrank, gegenüber der Tür, verschwand. Kathrin hatte keine Chance ihn zu erreichen. Thomas zeigte Entschlossenheit und platzierte sich mutig zwischen Chrommick und dem Taser. Rufus Chrommick grinste wahnsinnig und meinte, „Ist das nicht ein bisschen zu viel für einen Prediger, oder glauben Sie tatsächlich Sie hätten eine Chance gegen mich? Nur damit Sie es wissen: In meiner Welt wird den Gläubigen die Kunst der Selbstverteidigung vermittelt, denn man weiß ja nie hinter welcher Ecke ein Atheist lauern könnte. Können Sie sich auch verteidigen, Herr Pfarrer?"
Thomas versuchte Zeit zu gewinnen.
„Was haben Sie eigentlich für ein Problem, Mr. Chrommick? Sie kommen in unsere Welt und benehmen sich wie die Axt im Walde. Bringt man den Menschen in ihrer Welt denn keinen Anstand bei? Der Rufus Chrommick den ich kennenlernte hatte jedenfalls Anstand."
Chrommick neigte verwundert den Kopf zur Seite.
„Bleibt die Frage offen, wieso ich ein anderer Chrommick sein sollte? Wie viele Rufus Chrommick kennen Sie eigentlich, Herr Pfarrer? Hunderte, Tausende, oder noch mehr? Haben Sie vielleicht etwas am Kopf, Herr Pfarrer?"
„Sparen Sie sich ihren Spott, Chrommick, er berührt mich

nicht im geringsten."
Chrommick bewegte sich langsam auf Thomas zu, versuchte ihn einzuengen. Thomas reagierte, indem er mit dem Schläger drohte.
„Ich warne Sie, ich werde zuschlagen!"
Chrommick blieb stehen.
„Wo ist Rufus Chrommick?" fragte Thomas, woraufhin der überrascht die Augen aufriss und seine Arme spreizte.
„Ich bin hier. In meiner ganzen Pracht."
„Hören Sie auf damit!" rief Thomas, „Sie wissen ganz genau wovon ich rede!"
Chrommick lachte.
„Ich werde ihnen jetzt einmal etwas erzählen, Herr Pfarrer. Es wird ihnen nicht gefallen, aber ich finde Sie sollten es trotzdem wissen. Rufus Chrommick - der andere natürlich - ist vermutlich längst tot und wissen Sie was? Es spielt keine Rolle. - Wie können Sie so etwas sagen - werden Sie jetzt empört rufen - er war doch ein Mensch, ein einzigartiges Individuum mit dem Recht zu leben - doch entspricht das wirklich der Wahrheit, oder ist Rufus Chrommick nur einer von vielen Chrommicks? Von Millionen, oder gar Milliarden, die da draußen existieren - und das tun Sie wirklich, der Robert Seaman ihrer Welt hat es bewiesen. - Was wäre dann, Herr Pfarrer? Ich werde es ihnen sagen, Herr Pfarrer. Dann wäre seine Einzigartigkeit dahin. Sein Leben wäre keinen Pfifferling mehr wert, denn es würde gar nicht ins Gewicht fallen. Er wäre bestenfalls noch ein Fall für die Statistik und welcher Gott verwaltet schon Statistiken? Welcher Gott verwaltet schon Milliarden von Menschen, welche, jeder für sich, wiederum Milliardenfach, wenn nicht gar unendlich oft existieren? Welcher Gott, welches überdimensionale Wesen, würde so einen Schwachsinn erfinden?"
Thomas konterte, „In ihrer Welt glauben die Menschen an den gleichen Gott wie wir es tun. Denken Sie wirklich das ist ein Zufall?"

„Das ganze Universum besteht aus Zufällen, Herr Pfarrer. Auch dass unsere Universen bewohnbar sind ist ein Zufall. Wir alle sind nichts weiter als Zufälle, aber wissen Sie was, Herr Pfarrer? Robert Seaman könnte ihnen das alles viel besser erklären, doch müsste ich zuerst sein Sprachzentrum reaktivieren und dafür bräuchte ich den Taser. Vielleicht könnten Sie ihn mir ja freundlicherweise reichen."
Chrommick grinste spitzfindig und Thomas meinte, „Netter Versuch."
„Ach, na ja." flötete Chrommick, gespielt geschmeichelt, dann wurde er schlagartig zornig. „Sie kosten mich wertvolle Zeit, Pfarrer. Haben Sie eigentlich eine Vorstellung davon, wie viele Welten ich noch zu bereisen habe?"
„Ich werde ihnen solange im Weg stehen, bis Sie den echten Rufus Chrommick zurückholen."
„Beleidigen Sie mich gefälligst nicht. Ich bin auch echt und was ihre Forderung angeht, so glauben Sie doch wohl nicht ernsthaft, dass ich in eine Welt zurückkehre in der mir die Todesstrafe blüht. Gehen Sie jetzt zur Seite, denn so oder so werde ich den Taser mitnehmen."
„Dann holen Sie ihn sich, Chrommick."
Chrommick zögerte nicht lange und griff Thomas an. Der wollte zuschlagen, doch Chrommick griff sich den Schläger und ein Gerangel um selbigen begann. Kathrin nutzte die Gelegenheit und eilte zu Seaman und obwohl der sprach- und bewegungsunfähig war, haute ihn ihr Anblick fast aus den Schuhen. Intensiv tastete Sie ihn ab und sofort begriff Robert, dass Sie die, noch aktive, Nadel suchte. Kathrin tastete sich Zentimeter für Zentimeter vor, was Seaman, trotz seiner misslichen Lage, doch tatsächlich zu genießen schien. Sie warf einen hektischen Blick auf Thomas, welcher Chrommick nicht mehr lange standhalten würde, und ihr war klar, dass die Zeit drängt.

Das Exempel

Als Rufus Chrommick wieder zu sich kam, fand er sich, an Hand und Fußgelenken festgeschnallt, auf einem klobigen Eisenstuhl wieder. Der Stuhl war so hoch, dass er der anwesenden Person geradewegs auf den Hinterkopf schauen konnte.
„Wo bin ich denn jetzt schon wieder?" meckerte Rufus, woraufhin sich die Person - es handelte sich um Lucio - umdrehte. Er betrachte Rufus, im Stil eines englischen Butlers, dann drehte er sich um und ging zur Tür. Lucio öffnete sie und nickte hinaus. Einige Sekunden später betraten zwei Männer in prachtvollen Kirchengewändern den Raum und schnell wurde auch klar, wer von den beiden das Sagen hatte. Es war der ältere, denn sein Gewand war prunkvoller. Rufus erkannte sofort, dass er es mit einem überheblichen, machthaberischen Disputen zu tun hatte. Seine Chancen auf Gerechtigkeit würden gleich Null sein, also konnte er seiner Meinung auch freien Lauf lassen.
„Chrommick! Was ist bloß in Sie gefahren? Wissen Sie eigentlich wie viel Ärger Sie am Hals haben? Zuerst dieser Anruf über ihr Vorhaben und jetzt wiegeln Sie auch noch die Massen auf!"
Chrommick blickte den °Pfaffen° müde an.
„Hat es denn funktioniert?"
Der Kirchenmann kam Rufus Chrommicks festgeschnalltem Kopf bedrohlich nahe und antwortete, „Beten Sie zu Gott, dass es nicht funktioniert hat."
Chrommicks Gesichtsausdruck wurde ein wenig ernster.
„Ja, ich werde beten. Ich werde für die Menschen beten, die von °Dir° und deiner Brut geknechtet werden, aber ich werde auch für euch beten. Dafür, dass der Herr einen kleinen Funken Gnade aufbringen mag für jene gierigen Geldsäcke, die in seinem Namen und mit dem Blut ihrer Brüder und Schwestern ihre eigene Dekadenz zu pflegen gedenken."

„Wage es nicht so über Gott zu sprechen!" rief Kardinalbeamter Cole (ja, genau der) und schlug Chrommick mit dem Handrücken ins Gesicht.
„Ihr seid nicht Gott." entgegnete Rufus abfällig. „Ihr seid Gott ferner als alles was ich kenne."
Cole wurde langsam nervös. Die Tür ging auf und ein Bote zeigte sich. Der Jüngere ging zu ihm und nahm eine schriftliche Nachricht in Empfang. Er begab sich damit zügig zu Cole, welcher ihm nervös entgegentrat.
„Sie legen es in ihre Hand, Kardinalbeamter Cole. Was werden Sie tun?"
Cole dachte angestrengt nach, fragte dann, „Wie ist der Stand der Dinge?"
„Die Diözese ist umringt von Menschen. Sie wissen, dass er hier ist und sie wissen auch was hier normalerweise passiert. Würde Rufus Chrommick von einem auf den anderen Tag verschwinden, könnte Unruhe unter den Bürgern aufkommen."
„Lassen wir ihn aber laufen" stellte Cole klar, „wird er weitermachen, was Rom ganz sicher nicht gefällt." Er überlegte fieberhaft, schließlich ging er wieder zu Chrommick. „Ich biete ihnen nun die einmalige Gelegenheit diesen Raum wieder als freier Mann zu verlassen, Chrommick. Sie müssen lediglich da raus gehen und ihre fehlgeleiteten Worte widerrufen. Sie werden einfach sagen der Teufel habe aus ihnen gesprochen und nicht etwa Gott."
Chrommick sah Cole ernst an.
„Würde ich das tun, spräche der Teufel wahrhaftig aus mir."
Cole reichte es allmählich. Er wurde von Minute zu Minute nervöser.
„Was ist eigentlich in Sie gefahren?" schrie er Chrommick an, „Sie waren immer ein loyaler Assistent der kirchlichen Wissenschaften! Nie haben Sie sich beschwert und doch, plötzlich, aus heiterem Himmel, bezichtigen Sie sich selbst des Hochverrates und wie sich ja jetzt herausstellte auch

noch zu Recht! Kein Mensch tut so etwas, es sei denn er steht mit dem Teufel im Bunde! Offensichtlich hatten Sie einen lichten Moment, als Sie uns anriefen, doch dann bemächtigte sich der Teufel wieder ihrer Seele und die Dinge nahmen ihren Lauf! Sie sind fehlgeleitet, Chrommick! Sie stehen eindeutig mit dem Teufel im Bunde!" Cole trat unmittelbar neben Chrommick und fuhr gemäßigter, dafür umso bedrohlicher, fort, „Die Menschen da draußen werden es verstehen. Sie wissen um des Satans schlechten Einfluss, wir haben es ihnen lange genug eingetrichtert."

Chrommick lächelte.

„Deine Wortwahl spiegelt eure wahren Motive wider. °Eingetrichtert° trifft es wirklich gut."

Coles Backenknochen traten deutlich hervor.

„Ihre letzte Gelegenheit, Chrommick. Verlassen Sie diesen Raum als freier Mann, oder sterben Sie einen qualvollen Tod."

Chrommick blickte Cole tief in die Augen und entgegnete, „Der Tag wird kommen, an dem ich diese Welt verlasse und vor Gott trete und egal wann dieser Tag sein wird, werde ich dies mit Würde tun und dem Herrn mit einem reinen Gewissen in die Augen blicken."

Cole war jetzt kurz vorm explodieren. Er starrte Chrommick hasserfüllt an, dann wandte er sich an seinen Begleiter und rief scharfzüngig, „Schafft ihn raus!"

Der Begleiter war skeptisch.

„Kardinalbeamter Cole, wir sollten uns das gut überlegen, denn dort draußen herrscht eine sehr angespannte Stimmung."

„Wir werden es tun!" entgegnet Cole entschlossen, „Es ist die einzige Möglichkeit den Pöbel wieder zu beruhigen. Die Angst wird ihre Bedenken im Zaum halten. Das hat schon immer funktioniert."

„Eine öffentliche Hinrichtung gab es schon seit zweihundert Jahren nicht mehr." gab der Begleiter zu bedenken und Cole entgegnete, „Dann ist es wohl wieder einmal an der Zeit." Er gab Lucio einen Wink und der begab sich umgehend hinter Chrommicks Stuhl. Coles Begleiter öffnete die Tür und Lucio rollte Rufus hinaus.

Rufus Chrommick wusste genau was ihn jetzt erwarten würde, war aber dennoch kein bisschen nervös. Er genoss gerade ein Gefühl der inneren Schwerelosigkeit. Ein Gefühl, wie er es nicht kannte. Schon immer war es sein größter Wunsch den Menschen Gott näher zu bringen, doch er scheiterte stets an der Ignoranz der modernen Welt, aber auch an seiner eigenen Sturheit, war er doch überzeugt, die Menschen würden Gott bei weitem nicht den Respekt zollen den er verdient. Ein Fehler, wie sich jetzt herausstellte, denn Gott erwartet keinen bedingungslosen Glauben an seine Person. Er hätte uns doch sonst nie einen freien Willen mit auf den Weg gegeben. Wir selbst müssen lernen unseren Glauben zu bewahren. Den Glauben an das Leben, den Glauben an uns selbst, denn wer an nichts glaubt hat keine Zukunft. Ihm fielen Pfarrer Bergströms Worte ein. „Kein Mensch sollte jemals zu irgendeiner Glaubensform gezwungen werden." Rufus lächelte und sagte leise, „Wie Recht er doch hat. Ein kluger Mann, dieser Pfarrer."

Sein Leben würde nun gleich ein gewaltsames Ende finden, aber Rufus Chrommick behielt sein Lächeln bei, denn er wusste, dass er an einem einzigen Tag großes vollbracht hatte und alleine dafür lohnte es sich zu leben, egal wie sein Leben enden würde.

Sie schoben Rufus Chrommick auf eine große Terrasse, die, leicht erhöht, wohl sonst als Plattform für öffentliche Feierlichkeiten diente. Vor der Terrasse hatten sich tausende Menschen versammelt. Rufus traute seinen Augen nicht. Alle diese Leute waren tatsächlich nur seinetwegen gekommen.

Es wurde totenstill, als die Menschen Rufus Chrommick in diesem grässlichen Stuhl erblickten. Kardinalbeamter Cole

räusperte sich, dann trat er neben Chrommick und begann zu sprechen.
„Rufus Chrommick hat sich heute des Hochverrates schuldig gemacht! Er gab sich einer beispiellosen Blasphemie hin, indem er öffentlich den Willen Gottes anzweifelte und somit auch die Integrität der Kirche!"
„Glaubt ihm kein Wort!" rief Rufus dazwischen und ließ seinen Blick über die Gesichter der Menschen gleiten. Er entdeckte Lydia und sofort fesselte ihn ihr Blick. Er sprach Bände, erzählte Rufus von der Hoffnung auf ein besseres Leben, erzählte aber vor allem, dass diese Hoffnung auf ihm ruhte. Voller Ansporn schrie er, „Er lügt euch an! Er hat euch da drinnen als Pöbel bezeichnet!"
Cole wurde unruhig und schrie, „Dieser Mann lügt! Die Kirche ist Gottes Haus! Der Herr würde niemals sein eigenes Gemäuer einreisen!"
„Es sei denn, es wäre mit Ratten verseucht!" konterte Chrommick lautstark, woraufhin ein anerkennendes Raunen durch die Menge ging und einige sogar lachten. „Seht ihn euch doch an!" schrie Chrommick hochmotiviert, „Er hat an jedem seiner Finger einen Ring! Vermutlich könntet ihr mit jedem einzelnen dieser Ringe ein Jahr lang eure Familien ernähren!" Cole versuchte nervös seine Finger zu verstecken, während Rufus fortfuhr, „Diese Ringe symbolisieren °euren Hunger°!" Cole hob beschwörend die Arme hoch, nahm sie aber - wegen der Ringe - hastig wieder runter und rief, „Ihr habt alles was ihr braucht! Niemand mangelt es an etwas!"
Ein empörtes Raunen ging durch die Menge und erste Zwischenrufe ertönten.
„Was kostet so ein Ring?"
„Wieso haben wir so wenig zu essen, während ihr im Überfluss lebt?"
„Ja, und warum sorgt die Kirche nicht endlich dafür, dass die Leute im Winter nicht frieren müssen?"
Chrommick lächelte zufrieden. Sein Blick wanderte zu

Lydia und ihre Augen verrieten ihm ihre Dankbarkeit.
„Lasst euch nicht länger gängeln!" rief Rufus laut und selbstbewusst. „Steht auf und wehrt euch! Steht auf und kämpft für eure Freiheit! Gott will nicht, dass ihr geknechtet werdet! Er gab euch einen freien Willen mit auf den Weg und °die da° haben ihn euch gestohlen! Holt ihn euch zurück! Holt euch eure Freiheit zurück!"
Nervös gab Cole ein Zeichen, woraufhin Lucio neben Chrommicks Stuhl trat und einen Schalter betätigte, welcher eine kastenförmige Apparatur an der Rückenlehne in Bewegung setzte. Die schob sich langsam über Rufus Schädel und dort angekommen, drehte sich zügig ein Bohrer, von etwa zwei Zentimetern Durchmesser, aus ihr heraus. Rufus konnte seinen Kopf gerade soweit bewegen, dass er erkannte um was es sich bei dem Objekt über ihm handelte und es war ein alles andere als vertrauenerweckender Anblick für ihn. Schnell wendete er sich wieder an die Menschen, denn er wollte seine letzten Sekunden noch sinnvoll nutzen.
„Seht genau hin was sie tun! Sie bohren ein Loch in meinen Kopf! Das Gleiche machen sie mit euch schon euer ganzes Leben lang! Was ihr gerade seht ist der Beweis ihrer Gottlosigkeit! Der Beweis dafür, dass ihr euch von ihnen befreien müsst!"
Der Bohrer kam näher. Nur noch vier Zentimeter. Lydia rann eine Träne die Wange hinab und Rufus lächelte. Er lächelte, weil er wusste, dass ihm Lydias Augen im Namen aller geknechteten dankten und er lächelte auch, weil er jetzt endgültig wusste, dass sein Leben einen Sinn hatte.

Erkenntnisse

Immer wieder tastete Kathrin mit ihren Händen Seamans Körper ab. Wo war nur diese verflixte Nadel? Thomas gab sein bestes, doch Chrommick war einfach stärker. Er schaffte es, Thomas einen Fausthieb zu verpassen, welcher ihn unmittelbar zu Boden streckte. Sofort hechtete Chrommick vor den Schrank und fuchtelte den Taser darunter heraus. Sein schmutziges Grinsen, als er den Taser in der Hand hielt, sollte ihm sogleich wieder vergehen, denn Kathrin war fündig geworden. Sie hatte die Nadel am stumpfen Ende mit einem Taschentuch umwickelt, um nicht selbst Opfer ihrer Aktivitäten zu werden, und als Chrommick aufstand, versenkte Sie sie blitzschnell in seinem Hals. Sofort erstarrte er und seine Augen weiteten sich erschrocken. Langsam nahm Kathrin den Taser aus seiner Hand und trat einen Schritt zurück. Sie gab etwas ein, woraufhin Chrommick sich entspannte, jedoch nach wie vor bewegungsunfähig blieb.
„Na, Chrommick, mich haben Sie wohl am allerwenigsten erwartet."
In der Tat wirkte Chrommick erschrocken und es dauerte eine Weile, bis er zu seinem gewohnt wahnsinnigen Grinsen zurückfand.
„Ich muss zugeben, ich bin einigermaßen überrascht. Wieso sind Sie hier? Gab es einen Ausgang?"
Kathrin näherte sich Chrommick und blickte ihm in die Augen.
„Nein, Chrommick, aber findet der Herr nicht immer einen Weg?"
Chrommick verging das Grinsen erst einmal.
„Was haben Sie jetzt vor, Kathrin?"
„Nun, Mr. Chrommick, Sie schulden mir noch eine Antwort, wissen Sie nicht mehr? Offensichtlich nicht, denn Sie sind sie mir ja schuldig geblieben."
Chrommick grinste wieder. „Ach ja, das Ableben ihres

Mannes. Wollen Sie es wirklich wissen? Ich könnte es ihnen natürlich erzählen, schließlich verbrachte ich mehr Zeit mit Robert Seaman, als Sie es sich in all ihren Sehnsüchten erhofften. Aber Sie können beruhigt sein, denn Robert Seaman offenbarte sich mir genauso wenig wie ihnen, doch hatte ich, im Gegensatz zu ihnen, weitaus mehr Zeit ihn zu studieren. Ja er war wirklich ein Genie, doch reichte sein genialer Geist letztendlich nicht aus den letzten, konsequenten Schritt zu gehen. Ich bin bereit ihnen alles zu erzählen, doch was werde ich davon haben?"

Kathrin überlegte.

„Wenn Sie mich überzeugen, werde ich Sie gehen lassen."

Thomas und Robert zuckten erschrocken zusammen und hofften auf einen Bluff, jedenfalls mischten sie sich nicht ein.

„Wenn nicht" fuhr Kathrin fort und nahm Chrommicks °Reisegarantie° aus seiner Jackentasche, „werde ich Sie in die Welt zurückschicken, aus der Sie kamen."

Chrommick gefiel das ganz und gar nicht, doch hatte er eine Wahl?

„Also gut" sagte er schließlich, „Ich erzähle es ihnen. Ihr Mann hatte ursprünglich den Auftrag ein möglichst schnelles Transportmittel für die Kirche zu erfinden. Etwas, dass jemanden unmittelbar an jeden beliebigen Ort auf dem Globus befördern sollte. Sie wussten, er würde es schaffen, sonst wären sie erst gar nicht auf so eine aberwitzige Idee gekommen. Bei einer derartigen Herausforderung musste ihr Mann in Bereiche der Physik vordringen, die nicht einmal er kannte. Doch Robert Seaman wäre kein Genie gewesen, hätte er die Zusammenhänge in dieser seltsamen Miniaturwelt nicht schon bald erkannt. Sie offenbarte wirklich faszinierende Dinge. Kein sterblicher hätte es in so kurzer Zeit geschafft diese Welt zu bändigen. Robert Seaman schaffte es, doch als es darum ging die Gravitationswellen sinnvoll einzusetzen, versagte er. Was er auch versuchte, es ging stets daneben bis zu jenem Tag, als er unverhofft Schützenhilfe von dem Robert Seaman dieser Welt bekam. Im Gegensatz zum Seaman dieser Welt, war ihr Mann bereits visuell eingestellt, schließlich gehörte der visuelle Part zu seiner Entwicklung, und so war es uns, aufgrund Seamans Gravitationswellensignals, möglich, diese Welt jederzeit zu beobachten. Seaman musste lediglich seine Augen scannen - ein Fingerabdruck hätte auch gereicht - und er sah im Televisor diese fremde Welt mit Robert Seamans Augen. Er sah alle diese jungen Menschen, freie Menschen, die Wissen aufsaugten obwohl Sie nicht der Kirche angehörten. Er sah glückliche Menschen die Techniken nutzten, welche den Bürgern unserer Welt unter Strafe verboten sind. Aber wo war Gott in dieser Welt? Er wusste, dass es ihn gab, denn es existierte ein Mann der ihn kannte. Dieser Mann war Rufus Chrommick, welcher stets gedemütigt wurde von Robert Seaman. Sein Pendant glaubte nicht an Gott und versuchte mit unglaublichem Eifer seine Existenz zu widerlegen. Ihr Mann empfand ihn als Strafe und begann schon bald zu zweifeln. Aber nicht an Gott zweifelte er, nein, er zweifelte an sich selbst und an der Kirche. All die schönen Dinge, die ihr Mann und ich über Jahre für die Kirche schufen, all die Waffen und netten Foltergeräte, die unserer Gesellschaft so viele gute Dienste erwiesen, und die ich so gerne selbst einmal ausprobiert hätte, bereute er plötzlich zutiefst. So viel Leidenschaft vergangener Jahre … für die Katz. Er fühlte sich persönlich verantwortlich für jedes einzelne, jämmerliche Atheisten Leben, welches durch seine Erfindungen schnell, aber auch langsam, ein Ende fand. Ja, die Kirche hatte ihn belogen. Schließlich glaubte er endgültig Gott hätte ihn verlassen und sah nur noch einen Weg Buße zu tun. Er musste seinen fehlgeleiteten Weg mit dem Leben bezahlen. Er war wirklich konsequent. Was mich anging, so schwieg Robert Seaman. Er erzählte niemandem von mir und meinem gefährlichen Wissen, hätte es doch vermutlich meinen Tod bedeutet. Vermutlich

hatte er ein schlechtes Gewissen, musste er doch stets mit ansehen wie sein Pendant den Rufus Chrommick der anderen Welt immer und immer wieder Hohn und Spott aussetzte."
Kathrin schloss die Augen, während Seaman beschämt zu Boden blickte. Sie fragte, „Warum wollten Sie °mich° töten, Chrommick. Ich wusste von nichts."
Chrommick lächelte, dann schüttelte er ungläubig den Kopf.
„Als Sie mich anriefen wurde mir plötzlich klar, dass ich Sie miteinbeziehen musste. Sie hätten von Rufus Chrommicks Verhaftung im Labor erfahren, wären misstrauisch geworden und hätten ihn in der Haft aufgesucht, um Fragen über ihren Mann zu stellen. Schnell wäre ihnen klar geworden, dass er nicht ich ist. Rufus Chrommick hätte sich ihnen anvertraut und es wäre ihnen nichts anderes übrig geblieben, als es zu melden. Die Kirche wäre von der Funktionsfähigkeit der Maschine informiert gewesen und hätte nicht eher Ruhe gegeben, bis sie mich gefunden und mir jeden Knochen einzeln gebrochen hätte." Chrommick grinste, „Wissen Sie, Kathrin, es war wirklich nie etwas Persönliches."
Eine Weile herrschte Schweigen.
„Was ist jetzt?" fragte Chrommick schließlich ungeduldig, „sind Sie überzeugt?"
Kathrin musterte ihn nachdenklich, dann lächelte Sie.
„Ich glaube ihnen, Chrommick."
„Na also, dann halten Sie ihr Wort und lassen Sie mich gehen."
Kathrin lächelte noch immer.
„Dass ich ihnen glaube heißt nicht, dass ich von ihrer Glaubwürdigkeit überzeugt bin?"
Chrommick wurde mulmig.
„Was soll der Unsinn? Wenn Sie mir glauben, sind Sie auch überzeugt, sollte ich Sie aber stattdessen eher überzeugt haben, glauben Sie mir demnach auch! Können Sie mir

folgen? Also wo ist ihr Problem? Lösen Sie endlich diesen verdammten Taser! Sie haben es verdammt noch Mal versprochen!"
„Etwa so, wie Sie mir versprachen, dass ich meinen Mann wieder treffen würde?"
Chrommick traten immer mehr Schweißperlen auf die Stirn und er fing an wahnsinnig zu kichern.
„Aber Sie haben ihn doch getroffen!" kläffte er schließlich unverschämt und Kathrin entgegnete trocken, „Fahren Sie zur Hölle, Rufus Chrommick."

Wieder zu Hause

Das Bild vor seinen Augen verwischte urplötzlich und aus Lydias traurigem Antlitz formte sich ein neues Gesicht. Rufus Chrommick kannte dieses Gesicht. Es gehörte Kathrin Seaman. Wieso ausgerechnet Kathrin Seaman? Haben die im Himmel etwa Personalmangel? Oder sind alle anderen vielleicht in der Hölle?

„Kathrin" sagte Rufus verwirrt, „Sie hätte ich am allerwenigsten erwartet." Er nahm wahr, dass er stand und wieder frei war. Rufus sah sich um und die Umgebung kam ihm seltsam vertraut vor. Schließlich erschrak er und rief, „Großer Gott! Sieht der Himmel etwa aus wie Robert Seamans Labor?"

„Nein! Sie sind in meinem Labor, Chrommick!" antwortete Seaman entkräftet und Rufus drehte ihm entgeistert den Kopf zu. „Sie sind am Leben." fügte Robert an und hielt den Daumen hoch. Rufus sah sich, verwirrt und nachdenklich zugleich, um und fragte nach einer Weile, „Gibt es außer mir etwa noch einen Rufus Chrommick?"

„Ja, den gibt es tatsächlich." antwortete Kathrin und Rufus verzog besorgt das Gesicht. „Ich fürchte, er hat gerade einige unlösbare Probleme."

Kathrin und Thomas mussten sich das Lachen verkneifen. Robert hingegen ließ sich kraftlos mit dem Rücken gegen die Wand fallen und rutschte zu Boden. Thomas meinte schließlich, „Egal wo er jetzt ist, Mister Chrommick, glauben Sie mir, dort ist er bestens aufgehoben."
o

Kathrin Seaman verschwand und Rufus Chrommick blickte in das Gesicht einer jungen Frau, die in der ersten Reihe einer raunenden Menschenmasse stand und ihn traurig ansah. Aber warum? Er vernahm Rufe:
„Habt ihr das gesehen?"
„Das war er!"
„Das war Gott!"

„Er ist verärgert!"
„Gott hat sich gerade gezeigt!"
Chrommick realisierte, dass er auf einem Stuhl saß, dann, dass er festgeschnallt war. Er kannte diesen Stuhl, war er doch Robert Seamans Entwurf und gemeinsam hatten sie ihn gebaut. Er hörte das helle Surren über seinem Kopf und wusste sofort was es zu bedeuten hatte. Erschrocken vergewisserte er sich und der schnell drehende Edelstahlbohrer gab ihm Recht. Nur Sekunden trennten ihn von seiner Schädeldecke und in Rufus Chrommick machte sich Panik breit. „Sie haben die Welle gesehen." schoss es ihm durch den Kopf und er erschrak erneut, „Sie werden glauben, dass es Gott war. Ich muss ihnen klar machen, dass Seaman Gottes Existenz widerlegt hat, dann werden sie den Bohrer abschalten." Instinktiv fiel ihm die junge Frau mit den traurigen Augen wieder ein. Sie wollte seinen Tod nicht, er sah es ihr deutlich an. Sie würde ihm glauben. Sie würde versuchen es zu verhindern. Sie war der letzte Strohhalm eines Todgeweihten. Chrommick blickte Sie verzweifelt an und schrie aus Leibeskräften.
„ROBERT SEAMAN HAT DIE WAHRHEIT HERAUSGEFUNDEN! HÖRT IHR? ROBERT SEAMAN WAR ES, DER …"
Plötzlich verschlug es ihm die Sprache, denn all die Hoffnungen, die er gerade noch in den sorgenvollen Blick dieser jungen Frau legte, wurden schlagartig weggefegt von einem Lächeln in ihrem Gesicht. Es war ein zufriedenes Lächeln. Es war ihm, als hätten seine Worte ihre Sorge um ihn einfach weggewischt. „Warum lächelt Sie?" fragte er sich. Es war Rufus Chrommicks letzter Gedanke, bevor sich sein Kopf in einen Geysir verwandelte.

Antworten

Thomas betrat seine Wohnung, doch seine Gedanken waren weit weg von hier. Er und Kathrin hatten gerade das Böse bekämpft, und besiegt, und doch sah Thomas sich als Verlierer. Kathrin wollte mit Seaman alleine sein und Thomas wusste nur zu gut, was diese Worte für ihn bedeuten würden. Er hatte Kathrin verloren. Wieder einmal musste er entbehren. Wieder einmal war er wütend auf Gott. Sein Blick fiel auf den Schreibtisch, in dessen unterster Schublade sein Tagebuch lag. Ein letztes Mal noch würde er mit Gott sprechen und vergebens auf eine Antwort warten. Thomas setzte sich hinter den Schreibtisch, zog die Schublade und nahm das Buch heraus. Er atmete tief durch und überlegte erneut, ob es auch wirklich die letzten Zeilen sein sollten? - Ja er war sicher. Diesmal musste es sein, denn sein Ärger auf Gott war einfach zu groß.

Thomas fragte sich, ob ein Leben ohne Glauben unproblematischer wäre, denn ist es nicht letztendlich der bedingungslose Glaube an Gott, der uns auch immer wieder an ihm zweifeln lässt? All die Menschen die an Gott glauben, müssen doch auch diese ständige innere Zerrissenheit spüren, wenn sie sich wieder einmal von ihm im Stich gelassen fühlen. Seine Wärme und seine Loyalität vermissen. Wir reden uns dann ein, er könne ja nicht für alle Menschen gleichzeitig da sein, tun dies aber nur, weil wir insgeheim seinen Zorn fürchten. Es ist eine Zwickmühle. Wir glauben doch an ihn und bemühen uns seinetwegen gute Menschen zu sein. Warum erkennt er das nicht an? Warum belohnt er uns nie? Sind da Menschen wie Robert Seaman nicht besser dran? Sie kennen diese innere Zerrissenheit nicht. Sie beeinträchtigt ihr Leben nicht, macht sie freier als uns - aber wie wäre wohl eine Welt voller Robert Seamans?

Thomas wollte nicht länger darüber nachdenken. Er öffnete

sein Tagebuch, blätterte zum letzten Eintrag und erlebte eine Überraschung. Ein Eintrag. Allerdings nicht von ihm.

Lieber Thomas,
Ich weiß, es schickt sich nicht anderer Leute Tagebücher zu lesen - so ist es in unserer Welt und ich glaube auch ihr wollt eure geheimsten Gedanken nicht teilen - doch wollte ich etwas über den Mann erfahren, der mir einen zweiten Geburtstag bescherte und mir von der ersten Sekunde an ein Gefühl der Geborgenheit gab. Ich bereue es nicht dein Tagebuch gelesen zu haben, erzählte es mir doch etwas über einen wundervollen und gütigen Menschen der seine Gedanken mit Gott teilt. Du erzählst ihm von deiner Suche und deinen Hoffnungen und Du erzählst ihm von mir und tust dies mit der Wärme, die ich von meinem Mann stets vermisste.
Als ich, aus meinem Gefängnis heraus, dein Gesicht zum ersten Mal erblickte, glaubte ich doch tatsächlich für einen Augenblick Gott zu sehen. Ja, ich habe ihn wirklich gesehen, denn es war der Augenblick, als Gott die Weichen für uns stellte. Er hat nicht nur dich erhört, in all euren Gesprächen, er hat auch mich erhört und unser beider Suche ein Ende gesetzt. Du solltest ihm nicht böse sein, weil seine Antwort etwas länger auf sich warten ließ, denn Gott gibt seine Antworten immer auf seine Weise.
Deine, dich liebende, Kathrin

„War es die Antwort, auf die Du gewartet hast?"
Thomas blickte zur Tür und dort stand Kathrin in ihrer ganzen Schönheit. Er strahlte Sie glücklich an und antwortete, „Ja, das war sie." Sanft berührte er sein Tagebuch und fuhr fort, „Und ich denke, ich werde ihm auch weiterhin auf die Nerven fallen."
„Darf ich dir denn dabei behilflich sein?" fragte Kathrin. Er lächelte Sie verträumt an, wirkte zugleich aber auch nachdenklich, denn eine Sache interessierte ihn doch noch

brennend. „Was ist mit Robert Seaman?" fragte er vorsichtig und Kathrin musste lachen. „Oh, er glaubte wohl ernsthaft ich wolle bei ihm einziehen." Thomas sah Sie wissbegierig an und Sie fuhr fort, „Mir fielen keine passenden Worte ein, da habe ich ihm eine gescheuert."

Robert Seaman und Rufus Chrommick

Seaman saß auf einem Grashügel, im Park der Uni. Es war bereits dunkel und der Himmel erstrahlte in seiner ganzen Sternenpracht. Robert sah nicht glücklich aus. War er denn wirklich dieser schlechte Mensch, der sich ihm heute in aller Härte offenbarte? Seaman glaubte nie an Gott und doch empfand er °diesen Trip mit Rufus Chrommick° in jeder Faser seines Körpers als eine reale Begegnung mit dem Teufel, der heute erschienen war, um Anspruch auf seine Seele zu erheben. Es fühlte sich genauso an, auch wenn es eigentlich nicht möglich war, denn wer nicht an Gott glaubt, kann konsequenterweise auch nicht an den Teufel glauben und dennoch wird ihn dieser Tag für den Rest seines Lebens verfolgen, als der Tag, an dem ihm der leibhaftige Satan persönlich begegnete und ihm einen Spiegel vor sein Gesicht hielt. Wieso hatte er sich eigentlich nie die Zeit genommen einmal über seine Mitmenschen nachzudenken? Oder sollte die Frage vielleicht eher lauten: Wieso hat er sie nie beachtet? Kathrin wirkte in diesem Alptraum wie eine engelsgleiche Erscheinung auf ihn, machte ihm wieder Mut und rettete sogar sein Leben, jedoch nur, um ihm ihre Verachtung auszudrücken. Wortlos und in Form einer schallenden Ohrfeige. Danach folgte ein Blick von ihr, der Robert beinahe doch noch getötet hätte.
Rufus Chrommick trat neben ihn und Robert blickte, etwas erschrocken, zu ihm auf.
„Darf ich mich zu ihnen setzen?"
Seaman nickte. „Tun Sie sich keinen Zwang an."
Rufus nahm neben Seaman Platz und folgte dessen Blick in den Himmel. Nach einer Weile meinte Robert, „Ich bin froh, dass Sie wieder hier sind, Rufus - darf ich Sie Rufus nennen?" Chrommick lächelte bejahend und Robert fuhr fort, „Ihr Pendant war ein gemeingefährlicher Stinkstiefel. Sie dagegen sind ein gebildeter Mann, dessen einzige Schwäche darin besteht, konsequent an seinem Glauben

festzuhalten - worüber ich mich in meiner Überheblichkeit jahrelang lustig machte. Es tut mir wirklich leid, dass ich Sie immer wieder demütigte, Rufus. Mir war wirklich nicht klar was ich tat. Ich war geblendet von meiner Arroganz, die offensichtlich mein gesamtes Umfeld überstrahlte. Aber wissen Sie was? Der andere Rufus Chrommick hat es mir ganz schön heimgezahlt."
„Oh" erwiderte Rufus, „Da kann ich mithalten, denn auch mir hat man heute einen gewaltigen Denkzettel verpasst. Wissen Sie, Robert, dort wo ich war, werden die Menschen behandelt wie Sklaven. Man hält sie bewusst dumm, denn Intelligenz birgt Gefahren in sich. Aber wissen Sie was das Schlimmste daran ist? All dieses Unrecht geschieht dort doch tatsächlich im Namen Gottes." Chrommick atmete tief durch, dann sprach er weiter, „Die Menschen dieser Welt haben Angst vor Gott. Er ist für sie nichts weiter als ein grausamer Herrscher. Mein Versuch diesen Irrtum aufzuklären endete mit meiner öffentlichen Hinrichtung, veranlasst durch die Kirche und wieder im Namen Gottes. Ich habe heute etwas entscheidendes gelernt, Robert. Es spielt überhaupt keine Rolle wie tief der Glaube an Gott in uns verwurzelt ist, sind es doch am Ende stets wir selbst, die diesen Glauben interpretieren."
„Was ist da eigentlich passiert?" fragte der °Astrophysiker° Seaman völlig überfordert. „Ist das alles denn wirklich nur passiert, um uns beiden Querköpfen einen Denkzettel zu verpassen?"
Chrommick lachte.
„Das würde ja voraussetzen, dass es sich zuvor jemand ausdachte, was wiederum einen Schöpfer auf den Plan rufen würde. Es freut mich, derartige Überlegungen aus ihrem Munde zu hören, Robert. Es zeigt mir, dass noch Hoffnung besteht."
Robert blickte beschämt zu Boden.
„Nun, zumindest habe ich gelernt, dass man sich nicht mit den Naturkräften anlegen sollte - warum auch immer." Eine

Weile schwieg Robert nachdenklich, dann sagte er, „Wie ich hörte, war der Robert Seaman aus dieser Parallelwelt, im Gegensatz zu mir, ein tiefgläubiger Mensch. Er ließ sogar sein Leben für den Glauben und wer weiß, vielleicht rückte sein Gott durch dieses Opfer ja ein wenig näher an den Robert Seaman dieser Welt heran. Was glauben Sie, Rufus?"

Chrommick blickte zu den Sternen und antwortete, „Ich glaube Gott hat keine Zeit für Einzelfälle, aber vielleicht war ja wirklich alles ein raffiniert ausgetüftelter Plan der Natur. Vielleicht war aber auch alles nur ein banaler Zufall. Einer von so vielen Zufällen im Universum, oder sollte ich besser sagen, in allen Universen. Wir werden die Wahrheit wohl nie erfahren." Rufus lächelte Seaman spitzfindig an. „Wollen Sie meine persönliche Meinung hören?" Seaman nickte interessiert. „Wissen Sie, Robert, ich glaube dieses Ereignis musste einfach stattfinden. Vermutlich war es sogar längst überfällig. Dass wir beide dabei, unter Umständen, zu besseren Menschen wurden, ist ein erfreulicher Nebeneffekt, den wir uns selbst am meisten zu Herzen nehmen sollten, der aber in all den Universen dort draußen vermutlich keinerlei Bedeutung finden wird."

Robert klopfte Rufus freundschaftlich auf die Schulter. „Wir sollten uns öfter treffen, Rufus, zu einem Whisky, und philosophieren über Gott und das Universum. Ich glaube wirklich wir hätten eine Menge Spaß."

Chrommick lachte.

„Ja, das glaube ich auch."

Eine Weile blickten sie schweigend in den Himmel, dann fragte Rufus, „Was glauben Sie? Wird es erneut passieren?"

„Nein, wird es nicht." antwortete Robert, wie aus der Pistole geschossen, und Rufus sah ihn überrascht an.

„Was macht Sie so sicher?"

Robert Seaman blickte in den Sternenhimmel und lächelte, als er antwortete, „Wer oder was dort draußen auch sein mag, wird es nicht zulassen."

St. Chrishen, 31.Oktober 2112, St. Rufuskirche

Liebe Gemeinde. Wir haben uns heute hier so zahlreich versammelt, um ein Ereignis zu feiern, welches in unserer Geschichte einen ganz besonderen Platz einnimmt. Der 31. Oktober 2012, vor genau einhundert Jahren. An diesem Tag begann für die Menschheit ein neues Zeitalter. Das Zeitalter des freien Willens. Der freie Wille war vor über hundert Jahren kein selbstverständliches Gut und doch wurde er uns von einem auf den anderen Tag zuteil, weil °ein Mann° aufstand und uns alle wachrüttelte! Er wusste nur zu gut, dass dieses Aufbegehren seinen sicheren Tod bedeuten würde, in einer Welt, regiert von machtgierigen Teufeln, die °im Namen Gottes° das Volk ausnahmen und knechteten! Er wusste um das Opfer, welches er brachte, und doch stand er mutig auf und beendete dieses Martyrium, welches °über ein Jahrtausend° den Menschen auf der ganzen Welt °nicht nur° ihre Würde nahm. Wir alle wissen, um wen es sich bei diesem Mann handelt. Wir alle kennen und ehren ihn, denn ihm haben wir es zu verdanken, dass wir uns wieder freiwillig zu Gottesdiensten begeben, und nicht, weil wir sonst um unser Leben bangen müssten. Im haben wir es zu verdanken, dass wir Gott noch ehren und nicht verachten, geschahen doch alle diese Gräueltaten stets in seinem Namen.
Doch auch Gott war nur ein Opfer dieser eingeschworenen Kaste, welche an nur einem Tage von Rufus Chrommick zerschlagen wurde und diesen mutigen Mann für uns alle fortan unsterblich machte. Gott selbst wies die Menschen auf Rufus Chrommicks Opfer hin, ja offenbarte sogar seine eigene Existenz in Gestalt einer stürmischen Welle, welche über uns alle hinwegfegte. Es war die Welle der Freiheit. Rufus Chrommick gab sein Leben für unsere Freiheit, wofür wir ihn für alle Zeiten ehren werden.
Natürlich dürfen wir auch Robert Seaman nicht vergessen,

dessen unfreiwilligen Tod wir bereits vor vier Tagen betrauerten, denn er hat die Vorarbeit geleistet und den Weg geebnet für Rufus Chrommick, der sein begonnenes Werk schließlich vollendete. Robert Seaman war es, der die Wahrheit über die Peiniger der Menschheit herausfand und sich, unter dem Vorwand ihnen anzugehören, einschleuste, Beweise sammelte, und dafür letztendlich mit seinem Leben bezahlte. Wir alle hätten nie von dieser Heldentat erfahren, hätte es uns Rufus Chrommick nicht in den letzten Sekunden seines Lebens zugerufen. Ja, er wollte es uns unbedingt noch mitteilen, weil er wollte, dass auch Robert Seaman °die Ehre° zuteil wird, die er verdient. Diese beiden Männer, liebe Gemeinde, starben den Märtyrertod für uns alle. Sie gaben ihr Leben für unsere Freiheit und werden von uns dafür grenzenlose Dankbarkeit und Ehrfurcht ernten, von Jahr zu Jahr aufs neue, über Generationen hinaus, für immer und ewig. In diesem Sinne, liebe Gemeinde, lasst uns …

ENDE